安妮的世界 **6**

梦中小屋的安妮

Anne's House of Dreams

（加）露西·莫德·蒙哥马利［著］

李常传［译］

21 二十一世纪出版社
21st Century Publishing House

全国百佳出版社

图书在版编目（CIP）数据

梦中小屋的安妮 /（加）蒙哥马利 (Montgomery,L.M.) 著；李常传译.
-- 南昌：二十一世纪出版社，2014.6 (2022.4 重印)
（安妮的世界）
ISBN 978-7-5391-9201-7

Ⅰ.①梦… Ⅱ.①蒙… ②李… Ⅲ.①儿童文学 – 长篇小说 – 加拿
大 – 现代 Ⅳ.① I711.84

中国版本图书馆 CIP 数据核字 (2013) 第 292414 号

版权合同登记号 14-2009-283

梦中小屋的安妮　　　　　　　　　　（加）露西·莫德·蒙哥马利 [著]　李常传 [译]

策　　划　张秋林
责任编辑　周向潮
特约编辑　文　欢
出版发行　二十一世纪出版社
　　　　　（江西省南昌市子安路 75 号　330025）
　　　　　www.21cccc.com　cc21@163.net
出 版 人　张秋林
经　　销　新华书店
印　　刷　三河市人民印务有限公司
版　　次　2017 年 8 月第 2 版　2022 年 4 月第 2 次印刷
开　　本　880mm×1260mm　1/32
印　　张　6.5
字　　数　132 千
书　　号　ISBN 978-7-5391-9201-7
定　　价　20.00 元

赣版权登字—04—2013—844
如发现印装质量问题，请寄本社图书发行公司调换 0791-86524997

序

曹文轩

何为上乘小说？

可能会有各种各样的评价标准，但无论如何，大概总要承认，它之所以称得上上乘，最重要的标志就是它塑造了一个乃至几个永不磨灭的形象。作为一部穿越了时空，在今天，在世界的任何一个地方都会熠熠生辉的作品，蒙哥马利的"安妮的世界"系列为世人塑造了一个叫安妮的女孩的形象。这个形象，始终占据世界文学长廊的一方天地，在那里安静却又生动无比地向我们微笑着，吸引我们驻足，无法舍她而去。从阅读"安妮的世界"系列的第一本《绿山墙的安妮》开始，就注定了在掩卷之后我们要不由自主地回首张望，向那个让人怜爱的孩子挥手，再挥手。我们终于离去，山一程，水一程，但不知何时，她却悄然移居我们心上，在今后漫长的人生岁月中，不时地幻化在你的身边，就像她总也离不开风景常在的"绿色屋顶"一样。她的天真纯洁，会让你感动，会让你的灵魂不断得到净化；她柔弱外表之下的那份无声的坚韧，会让你在萎靡中振作，让你面对困难甚至灾难时，依然对天地敬畏，对人间感恩。这个脸上长着雀斑、面容清瘦、一头红发的女孩，是你的"绿色屋顶"，而你也是她的"绿色屋顶"。一个形象能有如此魅力，可见这部塑造了她的作品在文学史上举足轻重的地位。

这是一部具有亲和力的作品。

有一些作品，即使是一些被文学史家和批评家们津津乐道的作品，我们阅读它们时总是很难进入，它们仿佛被无缝的高墙所围，我们转来转去，还是无门可入，只好叹息一声，敬而远之。即使勉强进入，总有一种挥之不去的距离感，读完最后一页，我们依然觉得那书在千里之外冰冷着面孔，像尊雕塑。阅读《绿山墙的安妮》却是另样的感受——说不清的原因，当年我在看到书名时，就有了阅读它的欲望。看来，一部书有无亲和力，单书名就已经散发出来了。接下来就是流畅的毫无阻隔的阅读。这部书是勾魂的。它以没有心机的一番真诚勾着你。它在叙述故事时，甚至没有总是想着这书究竟是给谁读的，作者只是把心中想说的话说出来。这是倾诉，也是亲和力产生的秘密：倾诉就是对对方的信任，这时，你与对方的距离感就消逝了——所有的人都是喜爱听人倾诉的，因为那时他有一种被信任感。"安妮的世界"显然带有自传性，说的是一个叫安妮的女孩，而实际上是在说作者自己——露西·莫德·蒙哥马利。这是她自己的故事，现在她要把它们诚心诚意地讲出来。我们在听着，出神地听着。

"安妮的人生"应成为一个话题。

安妮的人生称得上是完美而理想的人生，她是我们所有愿意更好地活着的人的榜样。之所以这样说，是因为除了具有善良、真诚、聪明、勤劳、善解人意、富有勇气等品质，她还有一个让我们羡慕的品质：善于幻想。幻想使她的精神世界异彩纷呈，使她在绝望中看到了生路。通过幻想，她巧妙地弥补了人生的种种遗憾和许多苍白之处。她的幻想是诗性的。在与玛莉娜谈论祷告时，她说，上帝是种精神，是无限、永恒、不变的，他的本质是智慧、力量、公正、善良、真实。她很喜欢这些词。她对玛莉娜说，这么长一串，好像一首正在演奏的手风琴曲子，它们也许不能叫诗，但很像诗，对不？当玛莉娜为她做的上学的衣裙并不是她喜欢的而她又无法改变这个事实时，她说："我会想象自己是喜欢它们的。"正是这些幻想，使她的不幸人生获得了诗性的拯救。诗性人生无疑是最高等级的人生。许多危急关头，许多尴尬之时，她正是凭借幻想的一臂之力，而脸色渐渐开朗，像初升的太阳，眼睛如星辰般明亮起来。而这时，世界也变得明亮起来。

还有，就是它的无处不在的风景描写。

今天的小说，很难再看到这些风景了，被功利主义挟持的文学，已几乎不肯将一个文字用在风景的描写上了。"安妮的世界"离不开风景，离开风景，对于作者来说，几乎是不可想象的。而安妮离开风景，就会失去生趣，甚至生命枯寂。她的湿润，她的鲜活，她的双眸如水，皆因为风景。她孤独时，要对草木诉说；她伤心时，要对落花流水哭泣。万物有灵，一切都是她生命的组成部分。紫红色樱花的叶子，是她的"漂亮爱人"，她要成为穿过树冠的自由自在的风儿，她喜欢凝视夕阳西下时的天空……一开始，当她想到马修可能不来车站接她时，她想到晚上的栖息之处竟然是在一棵大树上：月光下，睡在白樱花中。她是自然的孩子，她是一棵树。自然既养育了她，也教养了她。

看看这样的书，像安妮那样活着。

目 录

Contents

第一章

绿色屋顶之家的阁楼

"谢天谢地，从此不用再学几何学，也不用再教几何学了。"安妮·雪莉用解脱似的口吻说道。

安妮将几何教科书投入一只大型木箱后，用力盖上箱子，坐在箱子上，黛安娜眺望着灰色的天空，两人在"绿色屋顶之家"的屋顶小阁楼内面对面坐着。

这个房间虽然旧，但在这个微暗的氛围内，能够引发各种联想，是个令人愉快的场所。安妮从身旁的窗户享受隐藏在空气中的香味，充满舒适八月午后的香味。窗外白桦树枝随风摇曳，发出沙沙声响；对面的"恋人小径"，弯弯曲曲地延伸至森林，现在仍看得见旧苹果林；而南面青色的天空中，耸立着一座大山脉，从另一面窗户可以遥望到有着白色波涛的海——美丽的罗伦斯湾，在此湾中浮现出的那个如宝石般的土人称之为阿贝格特的岛，就是爱德华岛。

自从上次见面到现在，已经三年了，黛安娜越发具有主妇

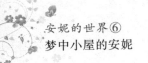

的沉着味道，但依然和昔日那个与安妮发誓友情永在的黛安娜一样，黑色眼睛闪闪发光，双颊红红的，酒窝引人注目。黛安娜手上抱着的黑色卷发小孩正在睡觉，这个小孩名叫小安妮·可达莉亚，已经在艾凡利度过两年幸福的日子了。

艾凡利的人都知道，为什么这个孩子取名叫"安妮"，但"可达莉亚"这名字就令人不解了，夫家拉特家和娘家巴利家，均没有一位名叫可达莉亚的人。哈蒙·安德鲁斯夫人认为这个名字一定是黛安娜在三流小说中看到的，弗雷德也是个没脑筋的男人，连这个名字也用，但安妮和黛安娜两人相视而笑，两人都知道，这个小安妮·可达莉亚的名字是怎么来的。

"你本来就不喜欢几何哦，"黛安娜微笑着回忆道，"能不教一定让你高兴得要命。"

"我一直喜欢我教的科目，只有几何例外。在沙马塞德中学的三年真愉快，回家的时候，哈蒙·安德鲁斯伯母告诉我，和中学老师比起来，婚姻生活就没那么自由自在了。的确如此！"和从前一样充满魅力的安妮缓缓说道，言语中多了几分成熟韵味。

在楼下厨房中做点心的玛莉娜，听到安妮这么说，笑了起来，随后又叹了口气，从今以后，绿色屋顶之家大概不会再像以前那样充满动人的笑声了吧。对玛莉娜而言，安妮和吉鲁伯特的结合将是她这一生最大的幸福，但欢喜中必有悲伤的影子。

在沙马塞德这三年间，安妮每逢周末、假日就回来，但从今往后，一年大概顶多也只能回来两次了，想起来不禁伤悲。

"别在意哈蒙的话，"黛安娜凭着四年的主妇生活经验说道，

"当然，婚姻生活中有欢笑也有悲伤，这就是生活，凡事没有十全十美、尽如人意的。可是，安妮，婚姻生活是幸福的，这点不容置疑……当然，前提是和适合自己的人结婚。"

安妮露出微笑，说："等我结婚四年以后，也许也是这个样子，生活中多一点幽默总是好的。"

"住处决定了吗？"

黛安娜用母亲独特的抱法抱住安妮·可达莉亚，见到这幕情景，安妮总有一种心动的感觉，充满无限的希望，希望美梦成真，但在欢喜之中，还充塞着一种无法言喻的淡淡苦痛。

"决定了，打电话说今天想搬过去。谈到电话，真没想到艾凡利也会有电话，这片令人怀念的土地上有电话，似乎有点不可思议。"

"不过这还得感谢艾凡利生活改善会，否则我们还没有电话可用呢！改善会总是积极、认真地做事，你创始了这个会，真是不简单。"

"是啊，对于电话这件事，还不知如何感谢改善会呢！的确便利不少——比蜡烛换电灯还方便呢！正如林顿夫人所说：'艾凡利也不能落伍啊！'哈里森不是也说过：'艾凡利不能成为近代的不便！'其实，原来的艾凡利还真令人怀念，那么自然、亲切，但这么方便的东西，也不得不令人投降。"

"不过啊，有一点也很伤脑筋的，"黛安娜叹口气说道，"那就是电话铃以外的声音，像你今天打电话来时，那个奇妙的时钟也响了。还有，哈蒙·安德鲁斯夫人为了在接电话时不影响

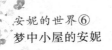

进餐，准备将电话装在厨房呢！真有趣！”

“时代在进步，希望我们每个人也跟着进步。好了，我们来谈点愉快的话题吧！我的新家地点已经决定好了哦。”

“哦，在哪里？最好离这里近一点。”

“不近，这是唯一的缺点，吉鲁伯特决定住在赫温港——距离艾凡利有六十里路远呢！”

“六十里？六百里也一样，”黛安娜叹气说道，“现在我不会离家到比夏洛镇更远的地方了。”

“你一定得来赫温港玩一玩，那是岛上最美的港口，尽头有个克雷村，大卫·布莱恩在那儿开业五十年了。特库达·布莱恩不是吉鲁伯特的大伯父吗，退休之后，那儿将由吉鲁伯特继承，可是大伯父仍然住在家里，所以我们必须另外找房子，究竟是什么样的房子，实际上我也还不知道，但我想一定是有完整家具的美梦船的小屋——可爱、愉快的西班牙小城，它一定会让我喜爱的。”

“去哪儿蜜月旅行呢？”

“什么地方也不去。”

听了这话，戴安娜惊讶不已。

“别这么惊讶的样子，黛安娜，你的表情让我想到哈蒙·安德鲁斯伯母，她说不去蜜月旅行是没有能力去蜜月旅行者的最佳选择。当时琴恩到欧洲蜜月旅行，我只想在自己的梦中小屋度蜜月。”

“有没有伴娘？”

"没有适当的人，你结婚了，菲儿、普莉西拉、琴恩也都结婚了，只剩我。我没有其他'知心朋友'，既然如此，就作罢吧！"

"可是，贝尔呢？"黛安娜担心地问道。

"的确，没有贝尔我还不想嫁人呢！还记得马修带我到绿色屋顶之家的那个傍晚，贝尔就对马修表示，像我这样长得这么不起眼的人，一定没人想娶我——只能到国外当传教士。记得当时我们几个人梦想着自己未来的结婚对象，结果菲儿嫁给了传教士，她不是沉醉在'无限美丽的金色世界中'吗？"

"你的新娘礼服一定很漂亮，"黛安娜似乎沉浸在想象中，"穿上它，你会像个女王一样……安妮，我比以前更胖了，不久就要看不出腰了。"

"胖瘦都是天生注定的，哈蒙伯母曾经告诉我：'安妮，你还是和以前一样，皮包骨。'"

"没错啊。"

"'和以前一样'听起来很舒服，但'皮包骨'就不同了！"

"哈蒙伯母提起过你的新娘礼服，和琴恩的一样漂亮吧？可是她说，琴恩是和百万富翁结婚，而你是和'没有一分财产的穷医生'结婚。"

安妮笑着说："我的礼服是很漂亮，我本来就喜欢美丽的东西，记得第一次拥有漂亮的衣服——小学音乐会时，马修送给我一件蓬蓬袖的衣服，这对别人来说没什么，我却从来没有穿过这么漂亮的衣服，那个晚上，我的心情就和踏入新世界时的

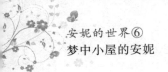

心情一样。"

　　"那一晚，吉鲁伯特朗诵'莱因河畔的提琴'，还送给你一朵卫生纸做的胸花，当时你很生气，想不到现在会和他结婚。"

　　"啊！这也是命中注定啊！"安妮笑了，两人下了楼梯。

第二章

梦中小屋

　　"绿色屋顶之家"洋溢着有史以来最浓郁的兴奋氛围，连玛莉娜都难掩兴奋之情——这是稀有的现象。

　　"这是这个家庭的第一个婚礼，"玛莉娜忍不住说道，"我小时候曾听牧师说，若一个家没有过诞生、婚礼、死亡，就不能称为真正的家。

　　"这个家已经有过死亡——我父母和哥哥马修就是在这里去世，也有诞生——很久以前，我们刚搬来不久，雇用了一对夫妇，那位妇人就是在这里产下一子。但婚礼，至今不曾有过，一想到安妮要结婚，我心里就很高兴，也觉得有点不可思议。想当初，十四年前，马修带她来的时候，她还只是个小女孩，想不到现在已经长大成人，要结婚了。我永远忘不了马修带这个小女孩来时的情景，如果当初没搞错，带来一个男孩子的话，这个孩子现在不知会变成什么样。"

　　"真是幸运！"林顿夫人说道，"记得安妮刚来的时候吵闹

了一番，和现在大不相同啦！”

林顿夫人叹了口气，婚礼准备工作一上轨道，林顿夫人就将逝去的过去像死人般埋葬了。

“我打算送安妮两条棉被套，是苹果叶的花纹，安妮说现在还很流行，但不管流不流行，把它放在客房里，一定相当美观。对了，得拿出来晒一晒，汤马斯去世以来，我就一直将它们放在袋子里……”

玛莉娜叹了口气后，说道：“我要送她放在阁楼的六条被子，安妮很喜欢——那是很久以前的东西了，现在大家都喜欢用钩针编织的被子，但安妮说她喜欢这个——希望以后铺在自己的床上。它们的确很漂亮，是最上等的毛料编成的，冬天将成为安妮的宝贝。”

“安妮终于和吉鲁伯特有结果了，我不停地祈祷上帝赐予这个结果。”林顿夫人自信满满地表示，这个结果是自己祈祷的结果。

“安妮根本没打算和那个有钱的少爷结婚，这让我很吃惊。那位少爷那么有钱，而吉鲁伯特这么穷……不过，倒是个好青年。”

“因为他是吉鲁伯特·布莱恩啊！”玛莉娜满足地说道。

玛莉娜从吉鲁伯特孩提时就看着他一点点长大，玛莉娜觉得他像自己的孩子，没想到，他就要和安妮结婚了。

安妮本身害怕过分幸福，因为自古就有一种迷信，天妒良缘，至少有些人好像是如此。安妮害怕幸福、满足会如彩虹的泡影稍纵即逝。

如果一开始安妮就拼命想得到吉鲁伯特，或者凡事争强好

胜，林顿夫人和玛莉娜也不会这么疼她了，但现在不论安妮遭受什么打击，她都默默地被保护着，这也就是美好的善缘。

因克理斯夫人——小姐时名为琴恩·安德鲁斯和娘家母亲及贾斯帕·贝尔夫人来访。琴恩这几年来的婚姻生活，虽没什么大喜，却是细水长流，如林顿夫人所说，虽然琴恩嫁给了百万富翁，但婚姻依然很幸福。财富没有伤害到琴恩，昔日四人行时代沉着、老实、红面颊的琴恩，替幼时玩伴高兴之余，直夸新娘的礼服漂亮，宝石般华丽……琴恩并非才华洋溢，至目前为止也尽说些没价值的话，但她说话决不伤人——换言之，这就是她令人羡慕的才能。

"吉鲁伯特到底还是你的，"哈蒙·安德鲁斯夫人说道，"瞧，布莱恩家的人就是那么守信用。你是二十五岁吧？安妮，我在二十五岁时，一切都已告一段落了，可是你现在看起来还那么年轻，红头发的人就是如此不同。"

"现在很流行红头发哟！"安妮听得出哈蒙·安德鲁斯夫人话中有话，于是微笑着说道，但词句显得冷淡。

乐天知命的个性使得安妮的诙谐感十足，也因此能够使她克服许多困难，但是头发的问题，在今天这种修养下，仍是不能全然不在乎。

"是啊，是啊。流行真是奇怪的东西，毫无道理可言，对不对，安妮？你的头发和你非常相配，也很漂亮，不是吗？琴恩，只要幸福，什么都好。祝你幸福，在漫长的婚姻生活中，不如意事十有八九，但我想你应该没什么问题啦！"

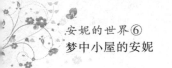
"吉鲁伯特太年轻了，他担任医生比较不容易得到患者的信任。"贾斯帕夫人说完这句话后，好像将该说的话说完了，觉得心安地闭起口来。贾斯帕夫人的帽子上，总是插着黑黑的羽毛，零乱的头发垂在下颚处，看起来不太整齐。

这些对于安妮内心而言，不会起任何作用，因为等一下吉鲁伯特来的时候，就会全忘了。

两人往长着白桦的小道散步，这些白桦树在安妮初至绿色屋顶之家时，还是低矮的幼木，现在则跟仙女国的宫殿一般高大，像象牙色的圆柱，安妮和吉鲁伯特依偎在树下讨论新家、新生活。

"找到我们的家了，安妮！"

"真的！在哪里？是在村里吗？如果是的话，我倒不会太兴奋。"

"不，不是在村里，村里一间房子也没有，是在海岸边的一间白色小屋，位于克雷村与赫温码头之间，稍微偏僻一点，但有电话就不成问题了，环境很幽美，看得见夕阳，前面有雄伟的蓝色海港，沙丘也不会很远——潮风吹来，水会濡湿沙丘。"

"房子本身如何？这是我们的第一个家，是什么样的房子？"

"不是很大，但对我们而言已经够大了，楼下是有暖炉的客厅、餐厅，还有一间面对我诊疗室的房间，是六十年左右的房子——赫温最老的房子，但保护得很好，十五年前重新装潢过，很坚固。这个家好像还拥有一个罗曼蒂克的故事，可是和我谈的那位男子不知道详情，他说这个老故事只有吉姆船长才

知道。"

"吉姆船长是谁？"

"赫温码头灯塔的看守者。安妮，你一定会喜欢那个灯塔的，它是旋转式的，一到天黑，就好像一颗大星星，可以在房间窗户和玄关处看见。"

"那房子是谁的？"

"现在是克雷村长老教会所有，向管理委员会借的，在这之前是一位上了年纪的妇人伊丽莎白·拉歇尔所有。这位妇人是今年春天去世的，没有近亲，所以将财产留给了克雷村教会，她的家具还放在房子里，我将它们买了下来——你也许会认为一文不值，都是一些旧式家具，村里人好像很喜欢丝绒饰品，还喜欢用小船装饰镜子或当其他摆饰，我想你会喜欢的。"

"嗯，"安妮同意，"可是，光有家具还不够，那房子的四周有树木吗？"

"树木像山一样多呢。我的树木仙女安妮，里面有大枞树耸立，庭院四周有白桦树，从玄关就可以直接到庭院，另一个入口则在二楼枞树之间，是个木门，是个四处绿意盎然的地方。"

"哇！太好了，我不要住在没有树木的地方，否则会令我的精神、潜在生命感到饥渴，我想我不用再问旁边有没有小溪什么的了，因为听你刚才的形容，我就已经迫不及待想去看看了。"

"也许，还有其他缺点……"

"你已经找到我们的梦中小屋了。"安妮满意地深深吐了一口气。

第三章

被梦环绕的国度

"决定好邀请哪些人了吗，安妮？"林顿夫人布置着桌巾时问道，"别尽忙着布置内部，也该发喜帖呀。"

"我不打算太铺张，只想请一些至亲好友，还有吉鲁伯特的家人、亚兰牧师夫妇、哈里森夫妇等。"

"哈里森总是名列至亲好友名单中。"玛莉娜说道。

"是啊，我第一次看见他就被他吸引住了，"安妮不自觉地笑了出来，"和他交往后，发觉他很好相处，而且哈里森夫人真是个好人。另外，当然还要邀请拉宾达小姐和保罗·艾宾。"

"他们今年夏天不是不到这个岛上来了吗？听说要去欧洲。"

"收到我的信后就变更了，今天我接到保罗的来信，他说不论欧洲发生什么事，都一定会来参加我的婚礼。"安妮感到很满足。

"那孩子从小就崇拜你。"林顿夫人说道。

"那'孩子'今年也十九岁了。"

"岁月如梭。"这是林顿夫人独创的回答。

"也许乔洛达四世也会一起来，如果老板允许的话，她就会来，这是她给保罗的口信。我想她现在大概还绑着那个蓝色大蝴蝶结，老板不知道是叫她乔洛达还是雷欧那？我真希望她来参加我的婚礼，我们以前曾一起参加过婚礼，另外还有菲儿和乔牧师……"

"安妮，牧师怎么可以称为乔……"林顿夫人严厉地说道。

"他的夫人就是这么称呼他的。"

"可是牧师夫人要尊敬丈夫的圣职。"

"看您说的跟真的一样。"安妮开玩笑道。

"当然，我都是很有礼貌的，怎么可以直接称呼牧师的名字呢？"

安妮忍住笑。

"另外还有黛安娜、弗雷德和小安妮·可达莉亚。本来还想请史黛西老师、姬茵西娜伯母、普莉西拉和史黛拉，可是史黛拉在古巴，普莉西拉在日本，史黛西老师结婚后搬到加利福尼亚去了。姬茵西娜伯母那么怕蛇，却为了看女儿到传道地印度去了，真讨厌——大家散住在地球各处！"

"神也不愿如此啊。"林顿夫人严肃地说道。

"我们小时候，在哪里出生，就在哪里成长、结婚、居住。安妮，还好你没有抛弃这个岛，吉鲁伯特说大学毕业后，要飞到世界的尽头，我还真的很担心他会带你一起去。"

"要是大家都留在出生的土地上，人口马上就会爆满了。"

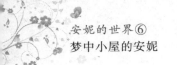

"我不想和你争，安妮，我又不是文学士。典礼几点举行？"

"中午，这样的话，来得及搭下午的火车回克雷村。"

"在客厅吗？"

"不，如果不下雨，我们想在果树园里举行——头顶着蓝天，沐浴在日光下。如果可能的话，您知道我想在什么时候举行婚礼吗？清晨——有靓丽日出与蔷薇花香的六月清晨时刻。我悄悄走出门，和吉鲁伯特一起往森林中走去——在大白桦树下举行我们的婚礼。"

玛莉娜轻蔑地哼了一声，林顿夫人则一副不以为然的样子。

"这样不是很奇怪吗？安妮，有时候我还真不了解你。"林顿夫人说道。

"安妮从小就很罗曼蒂克啊。"玛莉娜祖护安妮。

"什么？婚姻生活没那么容易的。"林顿夫人说道。

安妮笑了，悄悄溜到"恋人小径"，吉鲁伯特在那儿找到了安妮。两人对于婚姻都存有罗曼蒂克的想法，一点也不担心。

婚礼举行之日日益接近，贺客也陆续来到，绿色屋顶之家充满了喜悦之景，拉宾达一点都没变，前一次来时已是三年前的事，却恍如昨日。一看见保罗，安妮大吃一惊，这个年轻人是艾凡利小学的保罗吗？

"看见你才知道自己年纪大了，哇！我得抬头看你了！"

"老师一点都没变，还是一样年轻，想必发现了'青春之泉'吧！虽然老师结婚了，我还是不能称您为布莱恩夫人，因为对我而言，您永远是我的'老师'，是我学习中让我受益最多的老

师……对了，老师，我有一样东西要给您看。"

原来是一本写满诗的笔记，保罗将涌现的美丽幻想写成诗，已经交由杂志社编辑过目，而且开始准备出版了。安妮感到由衷欢喜。

"现在你成名了！保罗，有个出名的学生，一直是我的梦想，我有个学长已经是个大诗人了，但现在这个有名诗人是我教鞭下的学生——保罗·艾宾，真令人兴奋，不过，我没打过你吧！"

"老师，我还没出名，这三年来，我倒是拜读了老师的许多作品。"

"我自己知道作品的界限，我只是爱写诗给小孩子看，没什么成就，倒是一个偶然的机会，看到了你的《追忆》。"

乔洛达四世已经不是一个头上绑着蓝色蝴蝶结的少女了，但雀斑一点儿也没减少。

"老板还叫你雷欧那吗？"安妮问道。

"不，雪莉小姐，他好久没这么叫我了，倒是在结婚典礼上，说了一句：'雷欧那，好不容易嫁老公了。'真爱嘲笑我。"

安妮哈哈大笑。

"雪莉小姐，达姆的确是个好老公，心地善良，又不酗酒，我真的很满足。你也终于结婚了，我本来也打算嫁给医生，这样一来，当小孩生病时，就非常方便。达姆不过是个炼瓦厂工人而已，但他的确很讨人喜欢，当我问他：'达姆，我想去参加雪莉小姐的婚礼，好吗？虽然无论如何我都一定会去，但还是

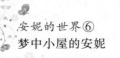
希望征求你的同意。'达姆只这么说：'乔洛达，做你喜欢做的事，因为那就是我喜欢的事。'真令人感到舒服。"

菲儿和乔牧师在婚礼前一天到达绿色屋顶之家，安妮见到菲儿，真是欣喜若狂，两人愉快地诉说分开之后所发生的琐事。

"安妮皇后，你还是没变，真高兴你能和吉鲁伯特结婚，罗尹·卡德那就不行了。现在可以告诉我吗？那时你对罗尹态度非常恶劣，现在还如此吗？"

"现在好了。"安妮微笑。

"那就好，他也结婚了，太太好像很可爱，两人生活得非常幸福。"

"追过你的亚力克和亚兰索结婚了吗？"

"亚力克结婚了，亚兰索还没。和你聊天就令我想起那令人怀念的'芭蒂之家'的愉快情景。"

"你最近曾去看过吗？"

"有啊，芭蒂和玛丽亚现在仍然坐在炉边编织，我想起来了——她们两人还要我祝福你，而且有礼物送给你，猜猜看是什么？"

"我猜不着，她们怎么知道我要结婚了呢？"

"是我说的。我很久以前接到芭蒂的信，上星期就到'芭蒂之家'去了，她们托我带礼物给你。想想看你最喜欢'芭蒂之家'的什么？"

"难道是那对陶制狗？"

"完全正确。就放在我的皮箱里，另外还有封信，你等一

下，我去拿。"

芭蒂信上这么写着：

安妮小姐，听说你要结婚了，我们都非常高兴，衷心祝你幸福。虽然我和玛丽亚都没结婚，但对于他人的婚姻，我们总是由衷地感到喜悦。送你一对陶制狗，这就像是我送你的遗物一样，因为我知道你一定会疼爱它，不过我和玛丽亚都还打算活下去（不能违反天意），所以你也不必多心。

"想想看，这两只可爱的狗坐在'梦中小屋'的炉边是什么样子？"安妮欣喜若狂地叫道，"我真是太高兴了！"

傍晚，绿色屋顶之家为了次日的事而热闹异常，但在薄暮之中，安妮悄悄外出，有一个地方，安妮在告别单身的日子的最后一天，必须去参拜一番，那就是在艾凡利墓地内的马修之墓，此处有着永恒的思念和不灭的爱。

"如果马修还在，明天不知道会有多兴奋……"安妮喃喃自语，"但马修一定知道，而且一定很高兴——在另一个世界。"

将鲜花供奉在马修的墓前后，安妮慢慢登上细长的山丘，欣赏这个充满愉快的光与影，充满祝福的黄昏。

"重复昔日的历史……"经过布莱恩家门前时，吉鲁伯特刚好出来，"安妮，你是在回忆我们俩初登此山丘时的情景吗？"那是两人第一次一起散步。

"我刚从马修的墓前回来，正好你从大门出来。"

"长久以来，我一直期待明天这一天的来临。到了明天，我就是世上最幸福的男人了。"

安妮低头微笑。

"安妮，原谅我！"

"我才要你原谅我呢。我是个不知感恩的女子呢——感谢你从池中救了我。一开始，我不知有多讨厌受恩的重担，想想看，我真没有接受幸福的资格呢。"

吉鲁伯特笑了起来，紧紧握住安妮的手，这个只爱珍珠、不爱钻石的女孩的手。

"自从我知道钻石不是我想象中的美丽紫色时，我就不喜欢钻石了，因为，我永远也忘不了那个令我失望的日子。"

"可是，传说中珍珠代表眼泪。"吉鲁伯特反对。

"不必害怕，眼泪有悲伤之泪，也有幸福之泪，我在最幸福的时候，眼中也充满泪水——当玛莉娜说我可以留在绿色屋顶之家时，当马修送我有生以来穿过的最美丽衣服时，当听到你肠炎康复的消息时……所以，吉鲁伯特，我喜欢珍珠，请不要送我钻石，我要和你一起承受人生的悲与喜。"

但今夜，这对恋人只想到喜事，一点也没有悲伤的气氛，因为两个人都期待着明日的婚礼，期待着港边海岸令人向往的"梦中小屋"。

第四章

绿色屋顶之家的新娘

结婚典礼的早晨，安妮一睁开眼睛，就看见从窗户透进来的闪烁阳光。

"连太阳也为我祝贺，真高兴。"安妮幸福地说道。

安妮想起初到绿色屋顶之家的情景……这间小屋子充满小时候的梦想与喜怒哀乐，忘不了整夜跪地祈祷死神不要带走吉鲁伯特……今天，安妮将永远离开这个小间，这个房间也不再属于安妮，接下来，将有一位新主人——十五岁的多拉。

下午，绿色屋顶之家沉浸在忙碌与喜悦中，黛安娜、弗雷德和小安妮·可达莉亚来了，因为还早，所以跟着大伙儿一起帮忙。绿色屋顶之家的双胞胎——德威和多拉，将小孩带到一旁去。

"小安妮·可达莉亚，不要把衣服弄脏了。"黛安娜担心地说道。

"交给多拉，你放心，这孩子很能干，不输给做母亲的。"

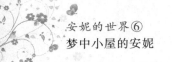

玛莉娜边做饭边微笑着说道。

"哇！你结婚的日子真是妙啊！"黛安娜一面围围裙，一面说道，"特地挑也挑不到这样的天气啊！"

"今天是我这一生中只有一次的日子，不只希望自己幸福，也希望每个人都幸福。"

"你一定会永远幸福的。"林顿夫人感慨地说道。

林顿夫人相信同时也祝福安妮幸福，但过度公开幸福，又害怕是在向神挑战似的。

九月的午后，从铺着手织地毯楼阶走下来的是幸福的新娘——脸颊如彩霞般红润，手上抱着一大束蔷薇，纤细的身影，眼睛闪烁着光辉的绿色屋顶之家的第一位新娘。吉鲁伯特在楼梯下用赞叹的眼光看着安妮，心想，多年追求之后，终于可以和她共结连理了。

对于吉鲁伯特而言，担心的是不知会不会令安妮失望，如果自己无法达到男性的标准时——这时候，安妮伸出手来，两人深情地对视，所有的不安都在欢喜中消失了，两人互为对方所有，两人的幸福掌握在彼此的手中，他们不再有任何畏惧感了。

沐浴在果树园中，两人与往年好友一起沉浸在爱情的气氛中。亚兰牧师宣布两人结婚，乔牧师呢，林顿夫人事后批评道："没听到一句中听的结婚典礼祈祷词。"

九月已经不大有鸟叫声，吉鲁伯特和安妮重复不灭的誓言，一只不知躲在哪里的小鸟，献上了美丽的歌声。安妮听到鸟鸣，高兴得不得了，吉鲁伯特心想，为什么世上所有的小鸟，不一起唱出喜悦之歌呢?

　　保罗听了鸟鸣后,写下了一首抒情诗,获得不少赞赏;乔洛达四世则坚信,这代表安妮幸福的意义。小鸟一直歌唱至婚礼结束。绿色屋顶之家从来没有过这么欢喜的午后。

　　安妮和吉鲁伯特就在众人的祝福声中,搭乘火车往克雷村去了。

第五章

新 居

　　大卫·布莱恩医师骑着自己的二轮马车前来迎接，到达新居，两人道谢后就迫不及待地欣赏新居。这真是个好地方。

　　两人越过林后山丘时，展现在眼前的美景，安妮始终无法忘怀，安妮还没看见新家，但赫温港正如一面大镜子，风平浪静地展现在安妮眼前。遥远的下方一边是沙洲，另一边是高岩险峻的山崖，沙洲对岸庄严的海映着夕阳，安妮感觉置身梦中，沙洲和港的海岸连接的小渔村，看来就像个白色巨石，两人的上空是如宝石般的钵，空气中含有矾石的香味。

　　对岸的白色小教堂响起钟声，如梦般的美丽钟声和着海的低吟声传来，海峡岸上的旋转大灯背向北空，如希望之星般闪烁，而遥远地平线的尽头，汽船的浓烟犹如灰色蝴蝶结。

　　"哇！太美了，太美了！"安妮醉心于美丽景色，喃喃说道。

　　"吉鲁伯特，我好喜欢赫温港，我们的家在哪里？我怎么没看见？"

"看不见——它藏在入江处丛生的白桦树林中，从克雷村到我们家大概有两里路，从家到灯塔再一里路，附近没什么人家，离我们最近的只有一户，我还不知那家住着什么人。我不在时，你会寂寞吗？"

"有那灯塔和美景相伴，我怎么会寂寞呢？"

"希望你能和那户人家成为好朋友。"吉鲁伯特说道。

邻居的房子是一幢大建筑物，外墙涂成鲜绿色，家里有果树园，入口处有草坪，但也许太过整齐，感觉有点煞风景，屋子、贮藏室、果树园、庭院、草坪、小径，到处都井然有序。

"他们家一定没有小孩。"

两人沿着海岸街道走，没遇见任何人，但到达隐藏在白桦树中的家附近时，安妮看见右边绿色丘陵顶上，有位追着一只雪白大鹅的少女，少女身材高挑，穿着蓝色衣服。当安妮和吉鲁伯特路过时，少女和鹅从丘陵山麓的木门出来，少女手指轻扣门锁，两只眼睛一直看着安妮和吉鲁伯特，不是关心的表情，而是好奇。安妮甚至感到有一股敌意，但令人惊讶的是，少女的确很美，美得令人想多看一眼，小麦色的头发编成冠状，蓝色眼睛闪闪发光，樱桃小嘴更是动人。

"吉鲁伯特，那女孩是谁？"安妮低声问吉鲁伯特。

"什么女孩？我什么也没看到啊。"除了自己的新娘，吉鲁伯特眼中容不下其他任何不相干的人。

"站在木门旁的人啊。不能，不能回头看，她还盯着我们看呢。我还没见过这么美的脸蛋。"

"我不记得见过什么美丽的女孩，克雷村有几位漂亮的小姑娘，但称不上美丽。"

"这个女孩真的称得上美丽哦。如果你看了，一定忘不了，这么美的脸孔，我只在画像中见过，而且她的头发好美。"

"大概是外地来做客的吧，一定是来这儿避暑，住在对岸的大饭店里。"

"她戴着白色围裙追赶鹅呢。"

"安妮，你看！那就是我们的家。"

看见温馨的家，安妮立刻将少女的事忘了。

新家令人心情愉悦——看得见被海水冲上岸的奶油色贝壳，小径沿路有紫色桔梗，后面则是郁郁葱葱的枞木，浓密的绿枝好像隐藏了许多秘密——像是充满奇异魅力的森林。

沙洲对岸的夜风开始跳舞，当安妮和吉鲁伯特沿小径前进时，渔林的灯火如宝石般闪耀……屋子的门开着，吉鲁伯特抱安妮下马车，穿过枞木间的小木门，登上砂岩的阶梯。

"欢迎光临！"吉鲁伯特衷心欢迎安妮这个女主人。

"谢谢！"安妮愉快地回答。

两人手携手一起进入"梦中小屋"。

第六章

吉姆船长

德布医师和德布夫人前来欢迎这对新人，德布医生是位身材高大，两颊有着白色鬓毛的健壮老人，德布夫人则是个身材娇小的银发妇人。

"真高兴见到你们，累了吧？我已经准备好晚餐，吉姆船长去捉鳟鱼了，吉姆船长——在哪里？啊！大概去照顾马了，请两位先到二楼换装整理一下。"

安妮一面用感叹的眼光环顾四周，一面随德布夫人上二楼。新家令人喜欢，好像散发出一股如绿色屋顶之家的传统香味。

"伊丽莎白·拉歇尔小姐和我们一定是'同类'。"安妮在房间中喃喃自语。

房间里有个窗户，从那里可以清楚地看见港口下方、沙洲和赫温港的灯火。

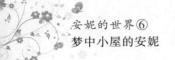

　　寂寞的仙女之国，

　　沉浸在危险的海上，

　　拉开魔法之窗……

　　安妮随口念了一段诗句。

　　从山形窗户可以看到潺流的小溪，上流半里处只有一户人家——老旧、宽敞、灰色，被大柳木包围着。安妮心想，谁住在那里呢？既然他们是最近的邻居，希望是好相处的人。

　　突然，安妮想到那位和白鹅在一起的美少女。

　　"吉鲁伯特认为她不是本地人，我倒不这么认为，赫温港在她的血液中流动。"

　　安妮下楼，吉鲁伯特正站在炉边和一个不认识的人说话，看见安妮，两人都停住了。

　　"安妮，这位是伯特船长。伯特船长，这是我太太。"

　　吉鲁伯特第一次向他人介绍安妮是他'太太'，看得出吉鲁伯特有点自豪。老船长向安妮伸出友谊的手，安妮也以微笑回应，一瞬间即成为朋友。

　　"幸会，幸会，布莱恩太太，你是来这里的第一位新娘，愿你永远幸福，你先生介绍我不太对，'吉姆船长'才是我真正的名字，你这么叫我就行了。你真是位美丽的新娘，布莱恩太太，看见你，我也想娶太太了。"

　　在笑声中，德布夫人邀吉姆船长一块儿吃晚餐。

　　"那真是太荣幸了，难得能与这么亲切、美丽的两位女士一

块儿进餐，平常我吃饭都是面对一面镜子，永远只看得见一位老人的吃相。"吉姆船长显得相当豪爽。

吉姆船长是位品性善良、纯朴的老人，心却永远年轻。他身材高大，虽然有些驼背，却具有耐力。胡子剃得很干净的脸上布满一条条深深的皱纹，被太阳晒成褐色；灰色的头发垂至肩部；深陷的蓝色眼睛诙谐丛生，有时浮现出做梦般的表情，有时又像在寻找失落的贵重东西远眺着大海。不久，安妮终于了解吉姆船长想找寻的东西是什么了。

无可否认，吉姆船长不是个俊美的男人，贫弱的下颚、如锯齿般的嘴，额头也不美，但这是安妮第一眼见到时的吉姆船长，之后脑海中就没有再浮起过"不俊美"的感觉，因为内在完全将外在美化了。

大家围在桌旁进餐，暖炉的火驱散了九月傍晚的凉意，海风从窗户吹进来，餐桌上有德布夫人精心制作的料理，鲑鱼一定是压轴大餐。

"今夜是谁守灯塔？"德布夫人问道。

"是我外甥阿雷克，还好你请我吃晚餐，否则晚上又得饿肚子了。"

"哪有守灯塔就懒得吃饭的道理！"德布夫人严厉指责。

"哪有，昨晚我还出去买了两磅烤肉回来，本来打算今天好好享受一番的。"吉姆船长不服气地说道。

"那烤肉呢？不见了吗？"

"不是啦，"吉姆船长缓缓说道，"昨晚正要睡觉时，看见一只可怜的狗来借宿，一定是哪位渔夫的狗，我怎么能赶它走呢？它的脚好像受伤了，所以我让它进玄关……可是我怎么也睡不着，想着想着，想起那只狗好像快饿死的样子，怪可怜的。"

"所以，你就起来，把烤肉给它吃了？"德布夫人肯定地说。

"是啊，我也没有其他东西可给它吃了……但那一晚我睡得很好——无牵无挂。今天早上，狗就跑出去找家了。"

"为了一只没用处的狗，自己差点饿死。"德布夫人揶揄道。

"它看起来很不错呢，不像是你说的没用的狗，但我忘了不能用眼睛来判断一只狗。"

"请问，住在小溪上柳树中的是哪一户人家？"安妮问道。

"迪克·姆亚太太，还有她丈夫。"吉姆船长说道。

安妮微笑，从吉姆船长的话想象迪克·姆亚夫人，可说是林顿夫人第二。

"是附近响当当的人家，"吉姆船长继续说道，"港口这侧没什么人家，土地大部分是克雷村对岸的哈瓦特先生所有，港口另一侧现在人很多——尤其是马克阿利斯塔家族，整个家族都在那里，势力很庞大。我曾和雷欧·布拉基爱尔爷爷谈话，他夏天在港口工作，他说：'那里几乎都是马克阿利斯塔家的人。'你只要丢一块石头，他们必会群起攻击你。"

大家哄然大笑，接着德布医生说道："艾利奥特家的人和克罗霍特家的人也不少啊！你知道吗？吉鲁伯特，我们赫温港这侧的人，说得难听一点——'艾利奥特家自大、马克阿利斯塔家傲慢、克罗霍特家则爱慕虚荣'，神啊，救救我们吧！"

"但也有好人啊，"吉姆船长说道，"我长年和威利阿姆·克罗霍特一起在船上工作，我从没见过这么有勇气、任劳任怨、诚实的好男人。赫温对岸的人的头脑比较好，所以这侧人往往被对岸人欺侮，真奇怪，人总是争来争去的。"

在对岸住了四十年的德布医师笑了起来。

"往街上半里路左右，那间翠绿色的房子是谁家的？"吉鲁伯特问道。

吉姆船长愉快地笑了起来。

"那是可娜莉亚·布莱安的家，我想以后她一定会常常来这里，你们是长老教会的信徒吧？如果是美以美教徒的话，她一定不会来，因为可娜莉亚最不喜欢美以美教派的人。"

"真是奇怪的人。"德布医师笑着说道。

"她还讨厌顽固的男人。"

"不服输吗？"吉鲁伯特问道。

"不，不是不服输，"吉姆船长用认真的表情说道，"可娜莉亚年轻时也曾任性妄为，但好像对男人和美以美派与生俱来即生怨恨，但不管哪里发生什么事，只要她去就能解决。她从来不说其他女人的坏话，只喜欢对付我们这些可怜的单身汉，还好我们皮很厚，还耐得住。"

"可娜莉亚常常夸奖你呢，吉姆船长。"德布夫人说道。

"哦，我也在担心这件事，一定是我有什么与众不同的地方吧。"

第七章

老师的新娘

"吉姆船长，这个家的第一个新娘是谁？"晚餐后，大家围在暖炉边时，安妮问道。

"是有关这间房子的一部分故事吗？有人告诉我，这个故事只有吉姆船长知道。"吉鲁伯特说道。

"是啊，在今天只有我知道了，这位老师的新娘已经去世三十年了，但令人无法忘怀。"

"可不可以讲讲那段往事？我想了解以前住在这个家的女人的故事。"安妮请求道。

"有三个人——伊丽莎白·拉歇尔、涅特·拉歇尔的夫人及学校老师的新娘。

"伊丽莎白·拉歇尔是个心胸开阔、能说会道的人，涅特的太太也是个好人，但不管怎么说，都比不上学校那位老师的新娘。

"我所说的那位老师名叫乔恩·雪尔温，是在我十六岁的时候，从英国本土前来克雷小学任教的老师。当时普林斯·爱德华岛上的小学，老师教书都很偷懒，但这个人不同，大部分老师都是在不喝酒的时候，教学生读书、写字、算术，一旦喝醉酒了，往往会痛打学生，但乔恩·雪尔温不会这样，他是个十足的好老师。

"乔恩住在我父亲家，比我大十岁，我们是很好的朋友，经常一起读书、散步、聊天。他看得懂书上所写的诗，傍晚会在海岸背诵给我听，我父亲说那根本是在浪费宝贵的时间，但我很愉快，也因此舍弃了上船的想法。然而，我还是必须上船，因为我母亲说，我们世世代代以此为业，我也不能例外。我真的很喜欢听乔恩读书、背诗，虽然已经是六十年前的事了，但直到今天，我还能流利地背出许多乔恩教我的诗句。唉！一晃就是六十年了。"

吉姆船长无限怀念美好的过去，叹息之后，他继续说道："我还记得，有个春天的黄昏，我和乔恩在沙丘见面——刚好是布莱恩先生今晚带着夫人来的时候。当看见你们的时候，我立刻就想起乔恩，乔恩告诉我，他故乡的恋人即将来这儿与他共同生活，老实说，我听了不太高兴，也许是自私吧！我知道，如果他的女朋友来了，我和他就无法像现在这么亲密了，但我没让乔恩看出我的心情。乔恩详细地向我介绍了她的女朋友。

"她的女朋友名叫芭西恩·李，本来应该和乔恩一起来的，但因她伯父上了年纪，需要照顾，所以无法同行。芭西恩的双亲去世后，她一直受她伯父照顾，因此必须感恩图报。由于她

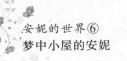

伯父于日前去世，所以芭西恩将前来和乔恩共同生活。各位必须了解，在那个时代，女子单身旅行相当不易，交通工具非常不便。

"'什么时候会到？'我如此问道。

"乔恩回答我：'如果搭六月二十日的洛夏尔·威利阿姆号，大概在七月中旬会到达。为此，还必须请木匠强森盖一栋房子。今天收到强森的信了，在两三天前的夜里，我就见过他，知道他答应了。'

"我不了解乔恩所说的话，因此，乔恩向我说明。这该算是一项才能呢，还是诅咒？乔恩的曾祖母的母亲具有一项特殊才能，也因此被视为魔女而被烧死，而乔恩也遗传了此项奇妙的魔力——好像称为催眠术——有这种事吗？"

"的确有人会陷于催眠状态，这与其说是医学上的问题，还不如说是心理学上的问题，乔恩的催眠术是什么样子的呢？"

"像做梦一样。"老医生回答。

"这么说来，应该可以看见各种事物啰！"吉姆船长缓缓说道，"好，我来说一下当时的情形，乔恩可以看见现在正要发生的事，以及将来将发生的事，所以，乔恩有时感到安慰，有时感到恐惧。在当时四个月前的某个晚上，乔恩坐在炉边看着炉火时，这种情况又发生了。乔恩看见英国熟悉的旧房间，芭西恩在房间里，高兴地将手放在乔恩手上，因此，乔恩知道芭西恩会来信告知好消息，你们说奇不奇怪？"

"那是梦。"老医师嘲笑道。

"当时我也这么说，总觉得那种事太不可思议了，老实说，感觉不太好。

"'不，不是梦，但我不会再向你提起，我不愿因此事而影响到我们之间的友谊。'

"乔恩如此说道，让我无法否定他的情谊。乔恩摇摇头继续说道：'我了解，以前我也曾因此而失去朋友，我不怪他们，因为有时候连我自己也因为这件事而感到对自己很陌生。这种力量糅合了神性——谁知道这是好的神性还是坏的神性呢？是神也好，恶魔也罢，若和我们太过亲密，反而使我们不知所措。'

"真不知这究竟是怎么回事？"吉姆船长沉浸在回忆里。

"我也不知该怎么说。"德布医师说道。

"我觉得不太舒服。"安妮喃喃说道，眼睛里闪烁着光辉，仍以一贯的认真态度听吉姆船长说话。看看安妮期待的微笑之后，吉姆船长继续说故事。

"不久，老师的新娘将到来的事，传遍了整个克雷村和赫温港。大家都为乔恩感到高兴，也为乔恩的新家出力——就是这间房子。

"乔恩选了这块地，并为了让新娘清楚看见海港、听见海声，而将庭院设在那里，没有种白桦树，白桦树是涅特·拉歇尔的夫人种的，但克雷小学的女同学们，为老师的新娘种植了两列蔷薇。乔恩说过，粉红色蔷薇代表芭西恩的双颊，白色蔷薇代表她的额头，红色蔷薇则是她的双唇。乔恩总是喜欢在话中引用诗句。

"每个人都帮老师布置屋子。当拉歇尔家搬来时，由于非常富裕，所以买了像现在这些昂贵豪华的家具；这个家的家具本来是很纯朴的。这个小房子里，处处充满了爱，妇女们送来桌巾、窗帘、毛巾，男人们则帮忙钉制衣柜、桌子，连上了年纪的盲人玛格丽特·伯特伯母，也用山丘上的香草编了小篮子，表示可以让老师的新娘放手帕，放上好几年呢！

"好了，万事俱备，连大暖炉里都有柴火了，虽然场所一样，但并不是和这个一模一样的暖炉，伊丽莎白小姐十五年前曾将整个房子大修一番，以前的暖炉大得可以烤一头牛……唉！不知道还有几次，我能像现在一样坐在这里说话。"

气氛再度沉默……

吉姆船长和安妮及吉鲁伯特，瞬间成为旧交——吉姆船长曾经几度坐在此炉边，欢迎美丽的新娘，过去，也曾经有小孩在这儿嬉笑。冬天黄昏，一群人聚在这里演奏音乐、跳舞、说笑，年轻人则描绘着未来的梦。这个小屋子里，充满了吉姆船长的回忆。

"小屋是在七月一日完工的，我常常看见乔恩在海边散步，数着未婚妻即将来临的日子。

"新娘应该是在七月中旬到达，但始终不见踪影，没有人担心，因为船期延误几天、几星期是常有的事，一周、两周、三周过去了，我们也开始担心了……我不敢看乔恩的眼睛，你知道吗？（吉姆船长颤抖着声音）我常想，乔恩曾祖母的母亲被杀时，一定就是那种眼神。乔恩变得不太说话，在学校也恍恍惚惚的，放学后便急忙去海岸，好几次在那里等到天亮。接着就有传闻说他疯了，大家都放弃了希望。迟延了八周，洛夏尔·威利阿姆号仍然没有消息，九月过了一半，新娘依然音信杳然——我想，大概不会来了。

"那时，连续三天有大风雨。暴风雨过后，我到海岸去，发现乔恩挽着手坐在大岩石上，眺望海洋。我和他说话，他始终不回答，眼睛也不看我，一动不动的真不像个活人。

"'乔恩，乔恩，'我大声呼唤，'睁开眼睛看我，睁开眼睛看我！'

"当那奇妙恐怖的神情从乔恩眼前消失时，乔恩看着我，我永远忘不了他当时的神情，乔恩对我说：'一切都可以放心了。'我不解地瞪着他。

"乔恩这才缓缓说道：'我看见洛夏尔·威利阿姆号来了，那些人将在天亮时到达。明天晚上，我将与我的新娘坐在我家的炉边。'"

"乔恩怎么看得见未来呢？"

吉姆船长叹了口气说道："这是只有神才知道的事啊！"

吉鲁伯特说道："也许伟大的爱和异常的痛苦会引起奇迹，产生不凡的力量。"

"一定是这样。"安妮附和道。

"哈哈哈……"德布医师轻蔑地笑，但在他的笑声中，已经没有往常那种自信了。

"结果，船真的在天亮时驶进了赫温港，"吉姆船长有点兴

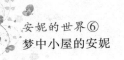

奋地说道，"克雷村、赫温港的人全都到码头迎接新娘了，乔恩整晚守在那里，当船靠近海峡时，我们不知响起多么盛大的欢呼声。"

吉姆船长的眼睛闪烁着光辉，好像看见了六十年前驶进赫温港的船。

"芭西恩·李搭这艘船来的吗？"

"是啊，芭西恩和船长的夫人历经艰苦的旅程，暴风雨不断，粮食也没有了，但终于到了。芭西恩一到达码头，乔恩立刻将她抱起——大家停止欢呼，流下感动的眼泪，我也哭了，本来我一直不敢坦白说出，因为男人哭是件羞耻的事。"

"芭西恩·李长得漂亮吗？"安妮问道。

"这个嘛，是不是称得上美女，我也不知道。"

"我倒没仔细思考过她的长相，因为那不是问题，她不是个会撒娇的女人，但感觉上是个好人——褐色眼睛、茶色头发，有正统英国人的肤色。那一晚，乔恩和芭西恩就在我家举行婚礼，贺客再将他们送到新家，正如乔恩之前的幻像一样，两人就坐在炉火边——不可思议，太不可思议了！"吉姆船长摇头说道。

"真浪漫！那他们在这里住了多久？"安妮问道。

"十五年。两人结婚后不久，我就出海了，每次出海回来，总是先来这里，多么幸福的十五年啊！这两人在一种特异功能中生活，由于具有特殊才能，所以能预知会发生的事；虽然吵过一两次架，但并无大碍，两人依然幸福。

"雪尔温夫人曾对我说:'即使和乔恩吵了架,但心底仍为能有这么好的丈夫而感到幸福。'后来两人搬到夏洛镇,将房子卖给了涅特·拉歇尔,他和新娘子一起搬了进来。

"记得这是一对富有朝气的夫妻,逢人总是说说笑笑、和蔼可亲。

"伊丽莎白·拉歇尔小姐是阿雷克的妹妹,她很喜欢说话,这间房子的墙壁一定满溢着她无数的笑声。你是我见到进入这间屋子的第三位新娘,布莱恩太太——也是最美丽的一位新娘。"

吉姆船长优雅地呈献赞词,安妮也默默接受。安妮的眼睛闪闪发亮,双颊染上一层新娘特有的粉红色,真有说不出的美丽,连德布医师都投以赞叹的眼光,在归程马车上忍不住对妻子说:"那红发女孩真漂亮。"

"我也要回灯塔了,祝你们今夜愉快。"吉姆船长说道。

"欢迎常来玩。"安妮礼貌地说道。

"能受到你们的招待,我不知有多高兴!"

安妮听吉姆船长这么说,投以一个温暖的微笑。

"有空也到我那里坐坐,我可以再说些其他故事给你们听,你们还很年轻,而我是上了年纪的人了,但我们的心境相同,虽然我们都不是可娜莉亚·布莱安,但都是'了解约瑟夫①的一族'。"

---

①约瑟夫是《旧约圣经》中的人物,年轻时被卖到埃及当奴隶,后来成为埃及宰相。

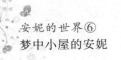

"'了解约瑟夫的一族？'"安妮不解。

"是啊，可娜莉亚将世界上的人分为两种——了解约瑟夫的一族和不了解约瑟夫的一族，如果有个人和自己意见一致、对事物抱持相同看法，也喜欢聊天，那么这个人就是'了解约瑟夫的一族'。"

"原来如此，"安妮叫道，"也就是'同类'的意思嘛。"

"对，对！"吉姆船长同意。

吉姆船长满足地往外走，安妮和吉鲁伯特则到大门口送客，正好月亮当空，这个赫温港充满了梦、魅力与魔术，小径上的白桦树犹如神秘的教团僧侣般，高大而阴森，在月光下形成一片银色世界。

"真是美丽的夜！"德布夫人一面上马车一面说道。

"夜本来就很美，"吉姆船长说道，"但看见沉浸在月光中的赫温港，让我想起天国。月亮是我的好朋友，布莱恩太太，你也喜欢月亮吧？我八岁的时候，有一天傍晚，独自在庭院中睡着了，没人发现，入夜之后醒来，以为自己死了，到处充满影子和奇妙的声音。我动也不敢动，只是缩着身子发抖，那时觉得世界好大，而这么大的世界上，只有我一个人。突然，从苹果树枝中间，望见如老友般的月亮，我立刻精神奕奕地站了起来，一面望着月亮，一面如勇敢的狮子般走回家。也曾经有好几晚，我站在远离此处的船的甲板上眺望月亮，好像听见它在对我说：'快回家吧！'"

大家在"晚安"声中彼此道别，安妮和吉鲁伯特携手在庭

院中散步，穿过白桦树，看见清澈的小溪，溪旁开着不知名的花朵，安妮随手摘了一朵。

"我喜欢在黑暗中闻花香，因为这样子好像能接触到花的灵魂。吉鲁伯特，我真的很高兴，这个家和我梦中的家一模一样，而且，曾经也有新婚夫妇像我们这般幸福地生活在这梦中小屋。"

第八章

可娜莉亚小姐来访

赫温的九月是充满黄金雾与紫色气的一个月份——白天沉浸在日光中，夜晚则月光弥漫，与星星相互争辉，没有暴雨、狂风，一片祥和。

安妮和吉鲁伯特整理自己的爱巢，漫步海岸，在海港划船，驱车去赫温、克雷及森林之中，远离人群的街道，一言以蔽之，过着令人称羡的蜜月生活。

"即使生命即将结束，不久就要离开人世，那么这四周的一切，也会令人心满意足了。上帝对我们真好，这四周来，天气、人、梦中小屋，一切均为我们的蜜月带来快乐，我们来这儿后，没下过一天雨呢！"安妮愉快地说道。

"而且，我们也没吵过架。"吉鲁伯特戏谑地说道。

"太美了，我们在这儿度蜜月是最佳选择，将这段人生仅有的回忆与梦中小屋结合。"

在两人的新家中，安妮发现了艾凡利所没有的罗曼蒂克和冒险气氛。安妮一直生活在艾凡利看得到海的地方，但海并没有深入安妮的生活之中，在赫温则不同，海与安妮息息相关，不论从家中的哪一个窗子，都可看见海的千变万化，而且海始终在安妮耳边呢喃。船每日出港到克雷码头，张着白帆的渔船早上出海，傍晚载着满船鱼归来，渔夫们一点劳苦的样子也没有，满足地往来于弯曲的街道——时时飘荡着冒险与旅行的气氛。

赫温不像艾凡利那样凡事有着一定的规律，在这里，风有变化，海也不停地呼唤着海边居民，处处充满神秘的气息。

"你和我一起待在这里，离开我的话就会被暴风吹走哟。"吉鲁伯特打趣道。

黄昏时刻，两人登上红砂岩，周围的陆、海、空均被庄严的肃静所包围，水平线上淡红色的云像花边，一旦出现风声、浪声，就如吟游诗人在轻轻吟唱诗歌一般。

两人坐的地方和海港之间是宽广的牧场，淡紫色的紫苑花正盛开。

"当医生有时必须整夜照顾病人，不能有太多的冒险气氛，如果你昨夜睡得很好的话，那你也一定会像我一样任幻想奔驰。"安妮显现宽大之处。

"我昨晚的确处理了一个重要病例，"吉鲁伯特轻声说道，"上帝保佑，救活一条人命，这是我第一次由衷讲这句话，以前也许只称得上帮忙。但是，安妮，如果我昨夜不留在阿伦比家和死神交战的话，那女人天亮前大概就死了。这是我第一次做这种实验，因为已经无计可施了，只好放手一搏——结果成功

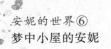

了，这个结果使一位善良的妻子、母亲能够幸福地活下去。

"今天早上我乘马车回来时，心里由衷感谢上帝让我选择这项职业，我奋战成功了！安妮，想想看，我战胜了那伟大的破坏者——'死神'。

"很久以前，当大伙儿在谈将来想做什么的时候，这就是我所描绘的梦，而我的梦实现了。"

"你的梦只有这项实现？"安妮知道吉鲁伯特的答案，但想再问一次。

"你明明知道啊，安妮！"

吉鲁伯特笑着望向安妮，瞬间，坐在赫温港海边小白屋阶梯上的两人，是最幸福的人了。过了一会儿，吉鲁伯特改变了口气。

"家中小径上有满舰饰品的船呢！"

安妮跳了起来。

"啊！那一定是可娜莉亚·布莱安小姐或姆亚夫人来过了。"

"我到诊察室去，如果是可娜莉亚的话，我就站起来咳嗽。"

"也许是姆亚夫人啊！"

"姆亚夫人在远处工作，而且她好像不太喜欢社交活动。"

"姆亚夫人和林顿夫人不同，没有旺盛的好奇心，客人应该是可娜莉亚。"

结果真的是可娜莉亚小姐。

可娜莉亚并不是做打招呼式的拜访，她腋下还夹了鼓鼓的皮包，听到安妮请她坐下慢慢聊时，她立即脱下太阳帽。看起来年轻的圆型脸、富有朝气的褐色眼睛，一点都不像他人口中的老小姐，从她的表情中，安妮立刻感觉到这是"同类"。

会披一条巧克力色披肩，上面还撒着粉红色蔷薇的，只有可娜莉亚，此外，这副打扮看起来很相称，又具备威严的，除了可娜莉亚，也没有别人。即使入宫廷拜谒王妃，可娜莉亚小姐也一定是这副装扮，蔷薇花模样的裙摆在大理石地板上摇曳，看起来一点也不做作，这就是可娜莉亚。

"我来是有事的，夫人，"可娜莉亚打开皮包，"一定得快一点完工，不可以弄皱了。"

看见可娜莉亚摊在膝上的白上衣，安妮有点吃惊。这是婴儿的衣服，可爱极了。可娜莉亚戴上眼镜，这是非常精致的手工。

"这是要给克雷的弗雷特·普洛克达家的。他家已经有八个孩子了，家中却连一根针也没有，前面七个孩子穿的衣服都破损了，他太太又没有工夫缝制新衣，真是辛苦啊！当他太太嫁给他时，我就知道会发生这种事。弗雷特是个很有魅力的男人，但结婚之后就变了，酗酒弃家庭于不顾，这种男人真不像话，是不是？附近的人又不帮忙，普洛克达太太只好硬撑着。"

安妮后来才知道，附近只有可娜莉亚一人帮助普洛克达家的小孩。

"第八个小孩诞生时，我就打算为这个小孩做点什么，希望这个月能完工。"

"真的很漂亮，我也拿针来，我们一面缝衣服，一面聊天。"

"要说是拿针的功夫，我可是这一带的佼佼者，"可娜莉亚很自豪地说道，"好像我有几百个小孩，否则怎么会缝出这么精致的衣服呢。真的呢！我自己也觉得不可思议，我为普洛克达家的第八个小孩缝这件衣服，我自己也很满意。第八个小孩诞生，他本身并没有错，他也应该有美丽的衣服，不应该只换穿哥哥姐姐的破衣服啊。所以，我特别为他精心制作了这件衣服。"

"不管哪一个孩子拥有这件衣服，都必定相当兴奋。"安妮越来越喜欢可娜莉亚了。

"你大概在想我怎么这么久没来了吧？"可娜莉亚继续说道，"这个月是收成月，非常忙碌，而且昨天又要去参加罗德利克·马克阿利斯塔夫人的葬礼，我头痛得要命，所以觉得没什么意思，但那个人活了一百岁呢！我以前就暗下决定，一定要去参加她的葬礼。"

"很盛大吧？"

安妮注意到诊察室的门稍微开了一点。

"那是什么？"可娜莉亚问道，但随即又回到话题，"是啊，非常盛大的葬礼，亲朋好友一大堆，马车至少有一百二十辆……对了，我很高兴看见夫人和先生在第一个周日上长老教会，因为我不给不是长老教会信徒的医生看病。"

"上个星期日傍晚，我们到美以美教会去了，"安妮故意说道。

"嗯，布莱恩先生偶尔也必须到美以美教会走走，否则美以美教徒不会来看病的。"

"我们觉得那里的说教不错呢，"安妮大胆地说道，"而且，美以美牧师的祈祷词，是我所听过的最美的祈祷词。"

"嗯，的确是很会祷告，我从没听过像沙蒙·伯恩特雷爷爷这么会祈祷的人，他总是喝得醉醺醺的，但越是喝醉，祈祷词就越美。"

"美以美牧师是个不错的男人，"安妮故意说得让诊察室里的人也听得见，"很会装扮。"

可娜莉亚也赞成。"他总是想让年轻女孩子着迷，但我还是提出忠告，夫人和先生最好不要成为他们的信徒。是长老教会信徒，就要像个长老教会信徒的样子。"

"美以美信徒和长老会信徒，不是一样都可以到天国去吗？"安妮不退缩地逼问。

"这不是我们所能决定的，"可娜莉亚说道，"可是，我不会因此和那些人交往。现在这个美以美的牧师没结婚，之前那个牧师则结婚了，他太太真是个不太懂事的人，可笑的是，却生了一大堆小孩，我真想告诉那位牧师，应该再长大一点再结婚。"

"人什么时候才算长大，很难定义。"安妮笑着说道。

"的确，有人生下来就是大人了，有人到了八十岁也还是长不大，我刚才说的罗德利克祖母就是这样，到了一百岁还和十岁时一样笨。"

"也许正因为如此才会长寿啊。"

"一定是这样，但我宁愿聪明活五十年，也不愿愚笨活一百年。"

"但如果世上每个人都聪明的话，不知有多无聊。"安妮说道。

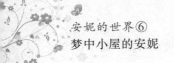
可娜莉亚没继续和安妮争论。

"罗德利克祖母是米尔克雷布家的人，这家人都不太聪明，祖母的外甥艾贝尔萨·米尔克雷布疯了好几年，他以为自己已经死了，责怪妻子怎么没将自己埋葬，要是我就干脆把他给埋了。"

可娜莉亚眼神里有种坚定的意志。

"可是，布莱安小姐，你没见过有人找到自认为很好的丈夫吗？"

"很多啊！那里！"可娜莉亚打开窗户，手指向码头对岸教堂的小墓地。

"活人呢？"

"嗯，有两三个，神已经决定了所有事。"可娜莉亚淡淡地说道。

"要说你先生的话，据我所知，他应该是位不错的男人，"可娜莉亚推了推眼镜，盯着安妮继续说道，"你大概也认为世界上没有第二个男人像自己的丈夫这么好了吧？"

"当然！"安妮立刻回答。

"我以前也听过其他新娘这么说。"可娜莉亚说到这里叹了一口气，"洁妮·蒂恩出嫁的时候，她表示自己的丈夫是世界上独一无二的人——的确是独一无二——洁妮刚死，他就立刻向第二任妻子求婚，也许这就是男人，可是，你能忍受自己这么信赖的男人，竟然如此背叛自己吗？你先生是个不错的人。以前，这一带人全依赖德布医师一人，而德布医生确实不是个机灵的人——在有人上吊的家里，总是只谈有关绳子的事情，如果德布先生不是医生而是牧师的话，一定罪不可赦。我们都是长老教会的信徒，旁边又没有美以美教会的信徒，我告诉你一个我们牧师的秘密。"

"可是，我……"安妮有点迟疑。

可娜莉亚随即说道："我的看法和你一样，我们让他留在这里是不对的，他的脸就像墓碑一般，应该写上'某某之墓'。我忘不了他第一次说经的情形，他说：'假如各位有一头母牛和一株苹果树，试试将苹果树系在牛舍旁，而将母牛种在果树园里，看看那株苹果树能挤出多少牛奶，而牛又能长出多少苹果。'

"夫人，你听过这种比喻吗？还好那天没有美以美派的人来，否则就让他们笑掉大牙了。但那位牧师最大的毛病，就是不论谁说的什么话，都表示赞同，即使你对着他说：'你是坏人。'他也会笑着回答：'是的，没错。'一点做牧师的骨气都没有。

"我觉得他真是个糊涂牧师，当然，这只能在这里说，决不能让美以美派的人听见。在美以美派面前，我们要褒奖自己的牧师。

"有人说他太太很会打扮，我决不是说会打扮不好，要是我，只要自己觉得舒服就好，才不去管别人怎么想呢。"

"布莱安小姐，你为什么这么讨厌男人呢？"

"哦！不是讨厌，不值得我讨厌，只是轻蔑罢了。如果布莱恩医师自始至终都是如此的话，也许我会喜欢，但除了你先生，这个世上我所喜欢的男人，就只有老医生和吉姆船长了。"

"吉姆船长的确是个了不起的人。"安妮也同意。

"吉姆船长是个好人，可是也有令人生气之处，就是不论你如何想使他生气，他都不会生气。二十年来，我三番五次想惹他动怒，他却始终稳如泰山，不为所动。有个女孩本来要和他结婚，结果大概另外找会生气的男人去了。"

"那个女孩是谁？"

"不知道。吉姆船长没告诉任何人，从我有记忆开始，他年纪就不小了，嗯，有七十六岁了，没听说过他为什么不结婚，但我想一定有原因。一直到五年前他才不再出海，他的鼻子大概闻过世界各角落的味道了吧。

"吉姆船长和伊丽莎白·拉歇尔是很好的朋友，但没听说过两人曾坠入情网，伊丽莎白也没结过婚。伊丽莎白年轻时是个大美人，在皇太子视察普林斯·爱德华岛的那一年，她正好在夏洛镇的伯父家。她伯父是为官者，所以伊丽莎白也被招待观赏大会舞，在座女人中就属伊丽莎白最美丽，因此皇太子与之共舞，惹得其他女人很不高兴，说什么身份地位都在伊丽莎白之上，却未得皇太子垂青，难怪要愤怒了。

"伊丽莎白对此事相当自傲，有些人就故意说这是伊丽莎白不结婚的原因——和皇太子跳过舞，怎么还看得上普通男人呢？这种说法不知不觉传到伊丽莎白耳中，她当然愤怒异常，时常跑到二楼将衣柜踢坏，我想这也是她没结婚的理由吧！生气一直不都是男人的专利吗，夫人？"

"我有时候也会生气。"安妮叹息道。

"哦！和你聊天之后，我的心里舒服多了，你的院子好漂亮哦！”

"我很喜欢这个院子，有许多花朵，我还想在枞林对面的小空地上种莓苗，吉鲁伯特太忙了，你知道有谁可以来这里工作吗？"

"克雷的亨利·哈蒙特大概可以来，他总是只想到钱，男人不就是如此吗？"

时钟敲响五点整。

"哇！这么晚了！"可娜莉亚大叫，"欢乐的时间总是过得比较快，我该回家了。"

"等一会儿吧！喝个茶再走！"安妮热心招待。

"是礼貌上这么说，还是真心话？"可娜莉亚问道。

"当然是真心话。"

"那我和你们一起吃饭，你也是'了解约瑟夫的一族'哟！"

"我知道我们是好朋友。"安妮浮现微笑。

"真高兴我们能成为好朋友，远亲不如近邻，没有你的话，我不知有多寂寞，布莱恩太太。"可娜莉亚的声音中充满悲伤。

"叫我安妮比较亲切，布莱恩太太好像很生疏的样子。你的名字是我小时候向往的名字，我讨厌'安妮'这个名字，自己幻想名叫'可娜莉亚'。"

"我喜欢安妮，那是我母亲的名字，我觉得古时候的名字最美。如果准备好晚餐，就去请医生来吃，从我进门到现在，医生一直待在诊察室，大概一直在笑我说的话。"

"你怎么知道？"安妮吃惊之余，忘了礼貌上应该否认。

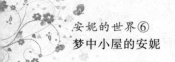
　　"我从小径来的时候，看见你们坐在岩上，我了解男人的做法。"

　　安妮觉得有趣又可笑。

　　"哇！小衣服完成了……"

第九章

赫温灯塔

九月底，安妮和吉鲁伯特依约前往灯塔，这期间，吉姆船长曾数次拜访这个新家。

"我是个不拘小节、讨厌礼数的人，所以请你们也不要有拘束的感觉。"

吉姆船长领二人进屋。

"请不要嫌弃这间屋子，布莱恩太太，你为这间屋子带来希望，虽然我不说，但心里真的感到很幸福，只要坐着看你、看鱼、看花就够了，真美——真美！"

吉姆船长是美的崇拜者，他喜欢听美的事，看美的物，其实所有东西在他眼里都是美的，他只痛切感叹自己欠缺美的外表。

有时候，吉姆船长会不高兴地说："大家都说我是好人，可是，有时我宁愿神只赐予我一半好人就够了，另一半给我好看的外表。可是我知道，神要我当个好船长，当好船长就不能有俊美的外貌，否则，美丽的人们——就像布莱恩太太——就无

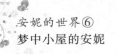

法形成鲜明的对比了。"

这天傍晚，安妮和吉鲁伯特终于造访了赫温灯塔。灰色云雾弥漫，港对岸的西方丘陵上飘着一朵琥珀色与水晶色的淡云，北方则是金黄色的小云朵，南方有艘白帆的红影在移动，使光秃秃的沙丘也染上了一层红晕，右边小溪上流柳木林中的一间旧房子射出光线，瞬间描绘出比古寺院的窗户还壮丽的窗户，虽然紧闭在阴沉的壳中，但不失其朝气，窗户在无光状态中放射出光辉。

"那小溪上游的旧房子总是一副冷冷清清的样子，没见过有访客。离我们家只有约十五分钟路程，但从没见过姆亚家的人，真奇怪。当然，也许曾在教会碰过面，但我们不知道就是他，真可惜，那家人这么不喜欢与人交往，连邻居也如此。"

"的确是'不了解约瑟夫的一族'。"

"那位美丽姑娘不知由谁抚养。"

"我想她一定是外地人。"

夜色渐暗，巨大灯塔的灯从黑暗的隙缝中射向原野、海港、沙洲，形成一个圆。

两人来到港边，进入闪光的范围内时，安妮说道："我有一种被光捉住的感觉。"

穿过原野来到港边的小径上，两人遇见一个男人——他的姿态与平常人不太一样，一瞬间，两人都瞪大眼睛注视！鹰钩鼻、削瘦的脸、率直灰色的眼睛，身材高挑，服装是富裕的农夫装，这是赫温还是克雷村的居民呢？他背后的长发犹如瀑布一般。

　　一直走到对方听不见声音的地方，吉鲁伯特才喃喃说道："安妮，刚才你做给我的柠檬汁中，有掺德布伯父所谓的'少量酒精'吗？"

　　"没有！"

　　安妮觉得这时候问这个问题挺可笑的，于是大笑一声，不知那个人有没有听见。

　　"那个人到底是谁呀？"

　　"不知道，但吉姆船长在这里养这种异类，可以护身吧！他一定是对岸的异族人，德布伯父曾说，那里有一些奇怪的居民。"

　　"哇！吉鲁伯特，你看，好美啊！"

　　赫温的灯塔在突出红砂岩的尖端处，一侧是银色沙洲沙地，另一侧与江水相连。森林充满生命气息，海则是伟大的魂魄，永远诉说着人们无法了解的悲哀，因此，海永远不沉默。

　　吉姆船长坐在灯塔外的长椅上，看见安妮和吉鲁伯特到来，立刻起身欢迎二人，在无意中表露出亲切的礼仪。

　　"这儿的景色有眺望的价值吧？"吉姆船长好像将海当成是自己的东西，有种夸耀的神态。

　　"的确是无价之宝——海空都免费——'金钱买不到的宝物'，月亮马上要出来了，月亮比岩石、海港还令人惊讶！"

　　月亮爬上天空，大家都沉默地眺望魔法般的月亮，接着，三个人上了塔。吉姆船长向二人说明巨大灯塔的构造后，便走进餐厅，餐厅的炉上有漂流木的火缓缓摇动，就像海中的火焰。

　　"这个炉子是我自己做的，政府觉得那对灯塔是种浪费，所

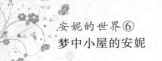

以不肯给，来，请坐，喝杯茶。"

吉姆船长搬开椅子之前，先挪开在椅子前面的橘色猫和报纸。

"美蒂，你的位子是长椅子，这报纸不是你能躺的，我还没看里面的小说呢。我很喜欢《狂恋》这篇小说，是位女作家的作品，已经连载到第六十二章。"

"我们来的时候，在小径上碰到一位风格奇特的人，那是谁？"吉鲁伯特问道。

"那是马歇尔·艾利奥特——了不起的男人，只是很奇怪，那样子不知是不是想被摆到博物馆。"

"是禁酒、独身、不剃发的人吗？"

"不是，使他疯狂的原因是政治。艾利奥特家、克罗霍特家、马克阿利斯塔家的人，天生喜欢政治，均因自由党或保守党而生，也因自由党或保守党而死。这个马歇尔·艾利奥特生来就是自由党，虽然我也属于自由党派，但没他那么严重。

"十五年前有一次特别激烈的选举，马歇尔为自由党誓死奋战，他深信自由党会胜——在某大会席上，他发誓，在自由党掌握天下之前，不剃胡须、不理头发。但自由党至今仍未获胜，结果他就变成了你们今天所见的样子，他一直遵守誓言。"

"他太太怎么想呢？"安妮问道。

"他是个单身汉。即使有妻子，他也不会打破誓言。他们一家人本来就很顽固，马歇尔的哥哥阿雷基山塔在心爱的小狗死时，甚至说：'把它和其他克利斯们埋在一起。'这当然是不被允

许的，后来阿雷基山塔将狗埋在墓地的栅栏外，从此不再上教堂，星期日送家人到教堂后，自己便坐在狗墓旁读《圣经》。当阿雷基山塔快死时，他告诉妻子，请将自己与狗葬在一起。他妻子对他说：'如果你宁愿与狗葬在一起，也不愿与我葬在一起的话，我也没办法。'阿雷基山塔说道：'随你吧！但我想天使鸣起喇叭声时，我的狗也会与其他人一起站起来。'

"马歇尔的样子我们已经习惯了，我从他十岁起就认识他了，现在他差不多五十岁了吧。我挺喜欢他这个人的，今天还和他一起钓鱼——现在我能做的就仅此而已，原来不是这样的——为什么？为什么？看看我的《生活手记》，就知道我们做了许多事。"

当安妮想问《生活手记》是什么的时候，美蒂意气风发地跳上吉姆船长的膝盖。美蒂的脸如满月般圆鼓鼓的，眼睛是明显的绿色，手脚都大大的，吉姆船长轻轻地爱抚它的背。

"在发现美蒂之前，我并不喜欢猫，"随着吉姆船长的言词，美蒂附和着喵喵的伴奏声，"我只是帮助它活下去，上天赐予的生命，怎么能随便糟蹋呢？是不是？布莱恩太太，对岸有个村庄，他们非常残酷，令你想象不到，他们夏天养猫，让它们吃得胖胖的，把它们捧得高高的，但到了秋天，这些人便离开那个地方，不再管这些猫，任凭它们饿死、冻死。今年冬天，我还在海边看见三具猫的尸体——可怜的母猫，将小猫搂在怀中死去。唉！我哭了，后来，我就将小猫带回家饲养，我知道抛弃这些猫的那个女人后，今年夏天，当那女人再回来，我便向

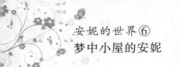

她叙述我的看法，虽然对我而言很麻烦，但这是好事啊！"

"那女人怎么说？"吉鲁伯特问道。

"她哭着说，'没想到会变成这样'。从此以后，那女人不会再随便抛弃猫了。"

"美蒂也是被抛弃的猫吗？"安妮问道。

"是啊！我发现它时，它已快没气了，那时它真是一只很小的猫，和现在的样子截然不同！美蒂，你可得好好活下去哟！"

"你也养狗吧？"吉鲁伯特说道。

吉姆船长摇摇头。

"本来有养，我很疼它，当它死了之后，虽然还想养，但始终没有付诸行动，只觉得所有的狗都是我的朋友，狗可爱，猫有趣……

"好了，不说这个了，喝完茶我让你们看一些东西，是从外地搜集来的。"

吉姆船长让他们看的东西是一些古董，很具古典味，而且都有一段故事。

在月夜里，坐在漂流木火炉旁听古老的故事，安妮感觉很温馨。

吉姆船长谦逊地叙说他英勇的往事，坐在自己的小屋子里，使许多逝去的事再生，让安妮和吉鲁伯特有置身其中的感觉。

由于吉姆船长的冒险故事太过惊异，安妮和吉鲁伯特私下暗暗怀疑是不是吉姆船长在吹牛，但后来才知道他句句皆真，吉姆船长天生就具有口才，才描述得栩栩如生。

安妮和吉鲁伯特的心情随着吉姆船长的话而起伏着，安妮甚至落泪了。而吉姆船长却高兴地望着安妮。

"我喜欢看人家这样哭泣，我觉得获得了赞赏，但我不知该如何安慰你。现在我仍喜欢冒险，虽然上了年纪，没什么用了，但仍偶尔乘船出海——到很远的地方去，不想回来。"

"如希腊神话故事般，吉姆船长也——

> 向着夕阳，沐浴在西方星子中，
> 船永远在海上。①

"尤利西斯？我曾在书中读到过，我的心情和老水手一样，但最后我会死在陆上吧！也许有一天，我突然昏倒断气，或者在水桶中淹死，不再回来……自从伊丽莎白·拉歇尔去世后，我更寂寞了，我和她曾经是那么好的朋友。"吉姆船长的口气充满老人的悲哀。

"真是难得的老人。"归途中，吉鲁伯特说道。

"那么朴质、亲切……"安妮点头附和，"为什么不结婚呢？应该有许多孩子来听他说故事啊！可是现在除了那只猫，吉姆船长什么也没有，好孤单哦。"

但安妮想错了，吉姆船长拥有的不只是猫，还有回忆。

"今晚到外海岸去吧！"安妮自言自语着。

---

①乔伊斯《尤利西斯》中的诗句。

第十章

雷丝莉

吉鲁伯特到对岸出诊了，所以安妮自言自语。

秋天暴风雨连续肆虐了三天，海浪拍打岩石声如雷贯耳，沙洲上的白色浪花像花朵一般，使赫温港显得凌乱无序，但今晚暴风雨结束了，风雨过后的海岸被洗刷得干干净净——呈现伟大的平静。

"哇！好舒服呀！"安妮大叫，高兴地从岸上眺望波涛。过了一会儿，安妮走下小径，在入江处饱览岩石、海洋与空旷的海岸。

"真想又唱又跳，这里没人看见，可以尽情欢乐，为所欲为。"安妮喃喃自语。

安妮撩起裙子，在波浪打不到，泡沫却能将脚弄湿的沙地上踮脚转圈，像小孩子一样又笑又跳。突然，安妮停下来，脸红了，这里并非只有安妮一人，已经有人看见安妮又笑又跳的模样了。

金黄色头发、蓝色眼睛的少女坐在隐藏在岩石中的岩鼻圆石上，用奇妙的眼神盯着安妮——吃惊？共鸣？羡慕？女孩没戴帽子，头发上系着一个蝴蝶结，一袭全黑衣服上系着一条颜色鲜艳的腰带，一瞬间，安妮想，她是不是海精灵的化身——神秘、热情，身上散发出一股令人无法抗拒的魅力。

"啊——你一定觉得我很可笑。"安妮随即沉着地说道。

"不，我不这么想。"少女回答。

少女的声音平淡，态度自然，但眼神却流露出热情，紧紧抓住安妮的心，安妮与少女一起坐在圆石上。

安妮用友好的口气微笑着说道："自我介绍一下，我是布莱恩夫人——住在港边的白色小房子里。"

"嗯，我知道。我是雷丝莉·姆亚——迪克·姆亚夫人。"

安妮呆住了，没想到这位少女已经结婚了——看起来一点也不像结过婚的样子，这就是自己脑海中描绘的平凡的赫温主妇。安妮一时愣住了。

"那么……那么，你住在小溪上的灰色房子里？"安妮有点结巴。

"是的，我早应该去拜访你的。"少妇说道，却没继续说没来拜访的理由，当然，也没这个必要。

"欢迎你来！"安妮努力恢复平静。

"我们是最近的邻居，应该常常走动。"

"你喜欢这里吗？"

"喜欢？岂止喜欢，真是太喜欢了，我没见过这么美的地方。"

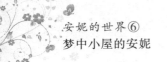
"我没见过其他地方，但一开始我就很喜欢这里的景色。"

安妮认为这位少女——总是离不开"少女"的印象，只要谈得来，一定很喜欢聊天。

"我常常来海边。"雷丝莉说道。

"我也是，以前都没碰到过！"

"你大概比较早来，我通常都是天暗了才来，我很喜欢看暴风雨过后的海边景色，就像今天。海太静反而不美，海浪的打击拍岸声最令人兴奋。"

"不管是什么情况下，我都喜欢海，赫温的海就像我故乡的'恋人小径'。今夜的海很自由，很野性，给人一种解放的感觉，所以我才会在这里跳起舞来，只是没想到这里还会有其他人，如果被可娜莉亚看到的话，大概会说我先生很可怜了。"

"你认识可娜莉亚？"雷丝莉边笑边说。

安妮觉得这笑声犹如婴儿笑声般清脆，也忍不住笑了。

"是啊，她来过我的'梦中小屋'几次。"

"'梦中小屋'？"

"哦，那是吉鲁伯特和我为我们的新家所取的可爱名字，通常只有我们之间如此称呼，但刚才很顺口地就说出来了。"

"那么，拉歇尔的小白屋就是你的'梦中小屋'了？"雷丝莉感到不可思议，"我以前也描绘过'梦中小屋'的情景——但那是像宫殿一般的。"

笑声中含有讽刺意味。

"啊！我也曾幻想过宫殿模样，小时候大家不都是如此吗？

你大概实现了你的宫殿梦——你长得那么漂亮，而我，好像破灭了。我从没见过像你这么漂亮的女人呢，姆亚夫人。"

"如果我们要想成为好朋友的话，就请你直接称呼我雷丝莉。"雷丝莉用激动的口吻说道。

"当然，我朋友都叫我安妮。"

"我好像真的很漂亮，"雷丝莉怒目眺望大海，"我讨厌自己的漂亮，倒希望自己是渔村中最不起眼的女孩。对了，你觉得可娜莉亚这个人怎么样？"

雷丝莉突然改变话题，好像一时还无法适应。

"可娜莉亚是个好人，上星期还招待我和吉鲁伯特去她家。你听过因山珍海味而抱怨餐桌的事吗？"

"在报上见过这种形容。"雷丝莉微笑着说道。

"可娜莉亚为了我们这么平凡的两个人，竟然准备了满桌佳肴，真令我难以置信，还有各种口味的派。她好像在十年前的夏洛镇展览会上得过奖，从此以后，怕毁坏名声，什么也不做。"

"你们为了使可娜莉亚满足而吃派？"

"我不行，吉鲁伯特倒是感动得吃了不少。可娜莉亚说，男人大概不知道南瓜比派好吃吧！我真喜欢可娜莉亚这个人。"

"我也是，她是世界上和我最合得来的人。"

如果是这样，为什么可娜莉亚从来没提起过迪克·姆亚夫人呢？安妮心底很不解。

"好美啊！"沉默一阵子后，雷丝莉从背后走下岩石，手指着美丽的光线说道。

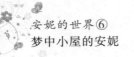
"来这里——只要看见这个，我就满足了。"

"这海边的光影效果真好！"安妮同意道，"从我家的小裁缝室可以清楚地看见港口，坐在窗边对眼睛有益，色与影都不同。"

"你曾经觉得寂寞吗？"雷丝莉突然问道，"还是一点也不寂寞——即使在一个人时？"

"嗯……到目前为止还不曾有过寂寞的感觉，即使在一个人时也有好对象啊——梦和幻想。有时候我喜欢一个人独处，想各种事情，但我更喜欢与人交往——啊！有空欢迎来我家坐坐。"

"不知道你喜不喜欢我？"雷丝莉用认真的口气说道。

"当然喜欢啊！你见我黄昏时刻到海边跳舞，千万不要就此认为我是个随随便便的人。我刚结婚不久，还很怀念单身时代，所以有时候会有点孩子气。"

"我结婚十二年了。"雷丝莉说道。

这更令人难以相信。

"什么？你应该比我年轻啊！"安妮大叫，"难道你结婚时还是个小孩子？"

"十六岁，"雷丝莉站起来，拾起身旁的衣服、帽子，"现在二十八岁。好了，我该回去了。"

"我也该走了，吉鲁伯特大概回来了，真的很高兴见到你。"

雷丝莉一句话也没说，安妮有点扫兴。两人无言地登上断崖，来到海岸小径时，雷丝莉转向安妮。"我从这里走，有空请来我家坐坐。"

安妮感觉得到这是礼貌性的邀请。

"如果你真心希望我去，我一定会去。"安妮也以冷淡的语气回答。

"哦！当然真心欢迎光临。"雷丝莉打破自我克制，爆发出热诚的叫声。

"那我一定去。晚安——雷丝莉。"

"晚安，布莱恩太太。"

安妮回到家中，立刻向吉鲁伯特叙述今晚的事。

"那么，这个迪克·姆亚夫人就不是'同类'了？"吉鲁伯特戏谑道。

"好像是这样子——这一带的妇女，好像都不太一样，你见过迪克·姆亚先生吗？"安妮问道。

"嗯！见过在农田里工作的几个男人，但不知道哪一个是姆亚。"

"她没提起过他丈夫，一定生活得不幸福。"

"听你这么说，她是在还未完全懂事的情况下结婚的，如今很后悔，真是个悲剧！安妮，聪明的女人会适应各种状况，姆亚夫人却只一味地烦恼、悔恨，这样似乎对精神不太好。"

"还没充分了解之前，不要乱批评，我想没那么严重，如果你见到她，就了解她的魅力了，这和她的美没关系，而是丰富的天性，能进入她心中成为她的好朋友，但她为什么要将自己封闭起来呢？奇怪，和她分手后，我一直很想了解这个人，对了，我可以去问问可娜莉亚。"

第十一章

雷丝莉的身世

"第八个小孩在两周前诞生了，是个女孩子。"

一个寒冷的十月午后，可娜莉亚坐在这间小白屋的暖炉前的摇椅上说。

"弗雷特·普洛克达很生气——因为他想要个男孩，前面已经有四女三男了，其实这个小孩是男是女有什么关系呢？男人真是可恶，我拿小衣服去的时候，看见那婴儿真的好可爱！眼睛乌溜溜的，还有小手软绵绵的。"

"我也想去看看，我好喜欢小孩哦！"安妮也有种兴奋之情。

"小孩总是令人疼爱，但也有人真的生太多了，像我有个表妹住在克雷村，就生了十一个小孩，唉！她只得每日辛勤工作，而她丈夫在三年前自杀了，这种男人真没骨气！"

"为什么自杀呢？"安妮惊讶地问道。

"大概受不了这么多小孩烦人吧，所以投井自尽！他死了也好，算是除去了一项麻烦，因为他是个暴君，只不过怎么可以投井呢？可怜的表妹罗拉，再也不敢用那口井，只得另外花钱掘井。这种男人最可恶，要自杀应该去跳河啊！我记忆中赫温只有两起自杀事件，另一个是法兰克·威斯特——雷丝莉·姆亚的父亲。说到雷丝莉，她来拜访过吗？"

"没有。可是两天前的傍晚，我在海边碰到过她。"

安妮仔细听可娜莉亚说话。

"那不错，你觉得雷丝莉怎么样？"

"很漂亮，是个大美人。"

"当然，她是赫温最漂亮的女人，你看见她的头发了吧，可以垂到脚呢！不过，我现在问的是，你对雷丝莉这个人感觉如何？"

"我很喜欢她。"安妮缓缓说道。

"你一定不知道，那孩子可怜得很，要是知道她的身世，你必定会大吃一惊，真是悲剧——悲剧！"可娜莉亚重复着相同的语调。

"我想了解她。"

"雷丝莉可怜的身世，赫温没有一个人不知道，那不是秘密——但雷丝莉的内心却没有人知道，因为她不喜欢向人倾诉，对雷丝莉而言，我大概要算是她最亲近的朋友了。"

"她也这么说。"

"你见到迪克·姆亚了吗？"

"没有。"

"那我得从头说起，这样你才能了解。"

可娜莉亚的眼神似乎在搜索逝去的事情。

"雷丝莉的父亲法兰克·威斯特是个头脑聪明的人，不料进大学两年后，身体就开始恶化，威斯特家的人有肺病遗传。因此，法兰克只得休学在家，后来娶对岸罗丝·艾利奥特小姐为妻。罗丝是赫温的美女——雷丝莉就是遗传了母亲的美，可是气质比罗丝胜十倍。美女令人喜爱，但罗丝却有其他缺点，她是个任性的人，而且很懒惰，不但不帮法兰克工作，连家里都是一团糟，两人平常就喝粥度日。他们有两个孩子——雷丝莉和肯尼士。

"雷丝莉的漂亮遗传自母亲，头脑遗传自父亲，综合二人的优点，和威斯特的祖母很像。小时候的雷丝莉非常爱说话，亲切又有朝气，是个人见人爱的孩子，也是她父亲的心肝宝贝。雷丝莉也很爱她父亲，经常说和父亲是'好朋友'。

"但不幸的事从雷丝莉十二岁起陆续到来。雷丝莉非常喜欢肯尼士！肯尼士比雷丝莉小四岁，是个很可爱的孩子，却不幸有一天在玩耍时死了——从正要运干草往贮藏室的车上摔下来，车轮从他身上辗过。雷丝莉目睹了这一幕，从贮藏室二楼清楚地看见，发出一声悲鸣，但她说驾马车的人却没听见任何声音——雷丝莉从此再也没为此事悲鸣或哭泣。雷丝莉从干草堆上跳下来，拥抱血流满地的温暖小身体——这么小的孩子就能立刻抱起肯尼士往我家跑——我真是说不出话来了！"

可娜莉亚用手拭泪，继续缝衣服。

"后来，他们将肯尼士葬在港边的墓地，雷丝莉再度回到学校上课，并绝口不再提肯尼士的名字——从那天之后，再也没听她提起过。我想昔日伤痛如今仍然记忆犹新，但雷丝莉毕竟还是个孩子，她对小孩非常亲切，过了一阵子，雷丝莉终于再现笑容——那孩子的笑真的很美，现在则很少听见她的笑声了。"

"我那晚听过一次，真的是很美的笑声。"安妮说道。

"肯尼士死后，法兰克·威斯特的身体日渐衰弱，本来就不是很健康，受到打击后更糟，一点工作的力气也没有。"

可娜莉亚停顿了一下继续说道："雷丝莉十四岁时，他父亲上吊自杀了——在客房，就在客房天花板吊灯下上吊自杀。男人竟做出这种事，那天正好是他的结婚纪念日。他还真会选日子，可怜的是雷丝莉，她是第一个发现他父亲自杀的人。那天早上，雷丝莉想将客房的花瓶换上新花，一面唱歌一面往客房走，结果看见父亲灰黑的脸，身体吊在天花板下，这不是很恐怖吗？"

"真的是太恐怖了，可怜！真可怜！"安妮颤抖着说。

"和在肯尼士的葬礼上一样，在父亲的葬礼上，雷丝莉一滴泪也没流下，罗丝则号啕大哭，雷丝莉只得拼命安慰母亲，那孩子对母亲很孝顺。法兰克葬在肯尼士旁边，罗丝为法兰克立了一块大石碑——比法兰克本人还大的石碑，这真是在罗丝能力之外，因为农场抵押在现值之上。不久，雷丝莉的祖母威斯特去世，留给雷丝莉一些钱——足够雷丝莉念完高一，如果可能的话，雷丝莉希望取得教师证书，然后自己赚学费进入雷蒙大学，这也是她父亲所憧憬的。雷丝莉充满智慧，又上进，进

入克雷高中后，用一年时间读完两年课程，以第一名的成绩毕业后，在克雷小学教书。当时她的人生充满了希望，想想那时的雷丝莉，再看看今日的雷丝莉——男人，男人真是可恨的家伙！"可娜莉亚咬牙切齿地说道。

"那年夏天，迪克·姆亚进入雷丝莉的生涯。迪克的父亲阿布那·姆亚在克雷村有一间店，但迪克遗传了他父亲航海的血统，夏天航船出港，冬天则在店里当店员，是个好男人，却是个小心眼的丑男，只要心里想得到什么，就非得到不可——男人就是这样。我还听说过他与渔村姑娘之间的传闻，他根本连为雷丝莉洗脚的资格都没有，而且又是美以美派教徒！但他醉心于雷丝莉，并发誓非得到雷丝莉不可。"

"他怎么做？"安妮担心地问道。

"可恶的家伙，我永远无法饶恕罗丝·威斯特。是这样的，阿布那·姆亚拿威斯特家的农场做抵押，利息拖了好几年，迪克就跑去对罗丝说，如果不把雷丝莉嫁给他的话，他就告诉他父亲，请他父亲收回那农场的抵押品赎回权。罗丝这下子便一把鼻涕一把眼泪，请求不要让雷丝莉和自己分开，只要自己有个依靠，什么都成。安妮，虎毒不食子，不是吗？

"可是罗丝比虎还毒，她后来还是牺牲了自己女儿的幸福——雷丝莉为了救母亲，只好顺从母亲的意思，与迪克·姆亚结婚。本来我们都不了解缘由，事后才知道是被罗丝逼出来的。很多事情看起来很奇怪，有时候，雷丝莉会痛斥迪克，那样子一点也不像原来的雷丝莉，而且不论迪克多么想讨好她，雷丝莉也一点都不喜欢他，当然也没什么结婚典礼。罗丝邀请我去参加他们的婚礼，我也去了，可是很后悔，因为我看到雷丝莉的表情和她弟弟、父亲葬礼时的一模一样。这次雷丝莉似乎是在为自己举行葬礼，但罗丝乐得直笑。

"雷丝莉将母亲带到夫家——因为罗丝说无法与可爱的女儿分开！罗丝在那儿过了一个冬天，到了春天便因肺炎去世，雷丝莉不胜悲叹，其实像罗丝这种没有人性的女人，一点也不值得为她付出爱，而迪克不久也对婚姻生活厌烦了——男人就是这样。

"迪克到诺拔斯克夏的亲戚家去——因为他父亲到了诺拔斯克夏——于是留信给雷丝莉，表示要和表弟强尼一块儿航海去哈巴那。船名叫'四姐妹号'，两人会在那里待上九周。

"雷丝莉一定暗自叹气，但从没告诉任何人。想来，雷丝莉结婚至今，一向都是冷冷淡淡的，除了对我还比较亲切，因为我总是支持雷丝莉。"

"她也说你是她最亲密的朋友。"安妮说道。

"真高兴她这么说，我想她一定对你有些了解，否则不可能对你说这些话。唉！可怜的雷丝莉，我真想拿刀子往迪克身上刺！"

可娜莉亚停下来擦擦眼泪。

"迪克出海前请阿布那叔叔照料作物，夏天过去了，可是'四姐妹号'还没回来，诺拔斯克夏家也只知道'四姐妹号'到达哈巴那卸下货物后，又载着别的货物回家了。渐渐地，人们

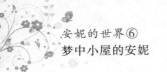
传言迪克已经死了，好像大家都相信这种说法，但没人能确定。

　　"雷丝莉则一直不认为迪克已经死了，没死真可惜啊！来年夏天，吉姆船长到哈巴那去，并且找寻迪克的下落。吉姆船长本来就是个好管闲事的人，最后终于在下塌处问出'四姐妹号'的下落。

　　"在一个偏僻的地方，吉姆船长发现一个独眼的男人，胡须乱七八糟，一看就知道那是迪克·姆亚，吉姆船长将他的胡须剃干净后，确定他正是迪克·姆亚——至少身体是迪克，迪克的心已经不在了——我想他根本没将魂带回来！"

　　"为什么呢？"

　　"详细情形也没人知道，据旅馆的人说，约一年前的某个早上，他们发现迪克用头敲入口处的楼梯，倒在地上，大概是喝醉和人打架受伤了吧！

　　"那里的人想协助迪克回家，却无从帮起，因为他身体虽然复原，记忆却丧失了，没有思考力与判断力，连自己的名字也说不出来，只好将迪克留在那里打杂——吉姆船长就这么将迪克带了回来。

　　"我常常说，不把他带回来还好，管他在外面怎么样，但吉姆船长认为，迪克回到故乡看见熟悉的环境、面孔，也许会恢复记忆，但事实上，一点效果也没有。迪克回来后就一直待在小溪上的家，像个小孩，有时发作起来会生气，一不小心也会逃出去。已经十一年了，雷丝莉一直背负着这个重担——自己一个人。

"阿布那叔叔在迪克回来后不久就死了，雷丝莉和迪克除了威斯特家的农场，什么也没有了，雷丝莉将农场租给强森·霍特，靠租金度日。雷丝莉十一年来，一直照顾着迪克——将一生给了那个混蛋。

"想想看，你还有希望、梦想，但对雷丝莉而言，一切都是空的。你能想象那美丽、聪明、伶俐的女子，就像一具活尸体吗？"

"真是可怜！可怜！"安妮顿时觉察到自己的幸福。

"你们在海边碰面时，雷丝莉对你说了些什么话吗？"可娜莉亚问道。

不等安妮回答，可娜莉亚又继续说道："我想她一定对你怀有好意，我真高兴，请你一定要帮助那孩子。当我听说这个家住着一对年轻夫妻时，心里真谢天谢地，希望你们能成为雷丝莉的朋友。安妮，你愿意吗？"

"只要雷丝莉愿意，我当然愿意啊！"安妮认真地回答。

"不，不管那孩子怎么样，你都一定要成为她的朋友！"可娜莉亚清楚地说道，"即使雷丝莉对你冷淡，也请你别介意，请想想那孩子过的是什么生活。迪克回来后日渐发胖，但雷丝莉却愈见消瘦，希望你了解雷丝莉——你一定办得到。另外，如果雷丝莉表现出不太欢迎你到她家的样子，请别见怪，因为她知道，没有人会乐意见到迪克，而且迪克不知会在什么时候做出什么事情——也许放把火将屋子烧了也说不定。只有在迪克就寝后，才是雷丝莉的自由时间，还好，迪克总是早早上床，

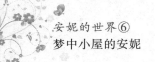
一觉睡到天亮，所以你才能在海边碰到雷丝莉。"

"我会尽力而为。"安妮说道。

安妮想起初到这儿时看见雷丝莉追鹅下山的情景，听可娜莉亚这么一说，对雷丝莉的关心顿时升至最高。安妮从没碰到过像雷丝莉这样的朋友；以往，安妮的朋友都是和安妮一样健全、正常、富有朝气的少女，很少将人与劳苦、死亡相连。雷丝莉的身世诉说着孤独、悲剧与挫折，安妮决定伸出友谊之手。

"那就麻烦你了，安妮。"可娜莉亚提醒安妮。

"雷丝莉很少到教会去，但她不是不真诚，因为她总不能带着迪克一起去啊——而且，迪克在未出状况前，就很少到教会去，而雷丝莉心中则是最忠实的长老教会信徒。"

第十二章

雷丝莉来访

十月一个降霜的夜晚，雷丝莉造访了"梦中小屋"。

看到吉鲁伯特出来开门，雷丝莉表现出后悔前来的样子，但安妮将吉鲁伯特赶到别的地方去，急忙向前拉着雷丝莉进屋。

"你选今夜来真是选对了，"安妮以愉快的口气说道，"我今天下午特地做了精美的巧克力饼，正在想请谁来一起分享呢——坐在暖炉前边吃边聊，也许吉姆船长也会来，我们可以尽情地聊。"

"不，吉姆船长在家，是他叫我来的。"雷丝莉说道。

"那下次见到吉姆船长时，我得好好向他道谢。"安妮坐在火炉前的摇椅上。

"哦！我不是不想来，"雷丝红着脸抗议，"我……想来，但没空来。"

"当然，请姆亚先生一块儿来不太容易。"安妮用理所当然的语气说道。

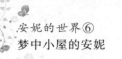

如果刻意避开这个问题，反而会有阴影存在，安妮认为，既然迪克是大家都知道的事实，就没必要回避。安妮的想法是正确的。

雷丝莉不知所措的态度顿时消失，她并不了解安妮究竟知道自己多少，但她知道已经没有说明的必要，于是心安了不少。她脱下帽子和外套，显现出如少女般的模样，美丽的头发和炉火相映，如黄金般闪亮，蓝色眼睛洋溢着几许魅力。

一瞬间，受到"梦中小屋"的影响，雷丝莉再度返回少女时代的模样——忘记过去的痛苦，这个温馨小屋使雷丝莉感受到爱的气氛，体会着两人健康、幸福的友情，雷丝莉感到自己周围交织着魔力，如果可娜莉亚和吉姆船长见到，一定认不出这就是雷丝莉。安妮也不敢相信，眼前这位开怀畅谈的活泼少女，就是在海边碰到的那个冷漠女人。

雷丝莉用渴望的眼光眺望窗户边的书架。

"我们的书范围很广，"安妮说明，"但每本书都是我们的好朋友。"

雷丝莉笑了——那笑容多么清新啊！

"我父亲有一些书——不多，我几乎都能背下来了，我们很少买书，我真正喜欢的书并不多。"

"我家的书架为你而开，只要你喜欢，任何一本都可以送给你。"

"那真是一顿大餐啊！"雷丝莉狂喜。

不久，时钟敲打十点钟，雷丝莉依依不舍地站了起来。

"我该回去了，没想到时间过得那么快，在吉姆船长那里待

不到一小时，却在这里打扰了两小时——愉快的时光。"雷丝莉率直地说道。

"欢迎常来玩。"安妮和吉鲁伯特一起说道。

雷丝莉望着两人——充满青春气息、希望、幸福，象征着雷丝莉得不到，而且永远无法得到的一切，雷丝莉的脸及眼睛失去光芒，少女的姿态顿失，像个受挫的女人，急忙往回家的路上走去。

安妮在寒冷的天气中，目送雷丝莉离开直至看不见她的踪影，然后重新回到炉边。

"大美人吧，吉鲁伯特？你一定醉心于她的头发，可娜莉亚说她的头发长到脚呢！"

"的确相当漂亮！"吉鲁伯特毫无异议地回答。安妮本来想他应该会持相反意见的，没想到……

"吉鲁伯特，如果我的头发跟雷丝莉的一样，你是不是会更喜欢？"安妮悲伤地问道。

"什么颜色都不好，如果是金发，那就不是安妮了，其他颜色也一样，除了……"

"红发。"安妮故意翘嘴说道。

"是的，红色——因为它可以使乳白色皮肤及灰绿色眼睛充满暖意，金发一点也不适合你，安妮皇后——我的皇后，我的心、生活及家庭的皇后！"

"那么，你可以尽情赞美雷丝莉了！"安妮微笑说道。

第十三章

雾　夜

　　一周后的某个晚上，安妮突然绕到小溪上的家拜访。海港布满灰色的雾，弥漫在峡谷之间，秋天的牧场呈现出一片暮色，雾中的海犹如哭泣一般，呈现出安妮从未见过的姿态，那不是魅力、神秘的姿态，而是充满寂寞、凄凉的感觉。

　　吉鲁伯特到夏洛镇出席医师会议，要到明天早上才回来。安妮想与女友共度这个夜晚，吉姆船长和可娜莉亚都是"好朋友"，但年轻人还是喜欢找年轻人。

　　"要是黛安娜或菲儿来这儿，那不知有多快乐，今夜真像幽灵之夜，这片雾中隐藏着神秘气氛——好像赫温逝去的灵魂向我围过来，在这小屋死去的女主人们，今晚会再度来访吗？如果再坐下去，不知会有哪个女人的影子坐在吉鲁伯特的椅子上，和我相对而望呢！今晚这个家的气氛不太好，越想越不对劲，干脆把我的梦中小屋让给以前住过的人玩玩，我去找雷丝莉吧！炉火会传达我对那些人的好意和招呼吧！那些人在我回

来之前离开后，我家会再充满快乐。今夜，这个家一定会和过去相会。"

安妮嘲笑自己的想象，但仍觉得不舒服，顺手拿起几本新杂志，打算带去给雷丝莉看。

记得可娜莉亚曾说过："雷丝莉很喜欢看书和杂志，但没多余的钱买，所以很少看。那孩子真是贫穷得可怜，安妮，你想，靠农场那一点租金怎么生活？

"那孩子出生后虽然家庭也不富裕，但总是自由之身，有自己的抱负，而现在……唉，真是一言难尽啊！只能说希望已离她远去……"

在黑暗中急行，安妮想起可娜莉亚愤慨的神情，觉得好笑，但笑和夜一点也不调和。

安妮注意到了隐藏在柳树中的房子，静悄悄的，房子正面黑漆漆的，空无一人，于是安妮绕到侧门入口，这个入口从阳台和小客厅相连，安妮伫立着不出声。

门是开着的，在黯淡的灯光下，雷丝莉双手摊开放在桌上，头伏在手上坐着，她正在哭泣——心中的苦闷抛也抛不开，激烈又屏息地哭泣着。老黑狗的鼻子嗅着雷丝莉的膝盖，大大的眼睛，无言地诉说着同情与爱。

安妮感到颓丧，因为她觉得不该在这时候打扰雷丝莉，现在进去不但无法帮助她，反而可能将通往友情的大门永远关闭，这位自尊心极强的少女，一定不希望让别人看到自己现在的样子。

安妮悄悄离去，穿过庭院，前方暗处有人声，接着看见灯光，在木门处，安妮见到两个男人——提灯的是吉姆船长，另一人一定是迪克·姆亚——丑陋、肥胖、粗野的大男人。

即使在黑暗中，安妮也感觉得出迪克异样的眼睛。

"布莱恩太太吗？今晚不应该跑出来哟。这种雾很容易让人迷路，你在这儿等一下，我把迪克带进去，等会儿我提灯带你走。我可不希望布莱恩先生回来时看见你掉到海里去了，四十年前就有一个妇人如此。"

"你来找雷丝莉？"吉姆船长回到安妮旁边后问道。

"我没进去。"

安妮将刚才的情形描述了一遍，吉姆船长叹了口气。

"可怜！真可怜！那孩子很爱哭，布莱恩太太——坚强点，非到不得已时不要哭。你这么晚跑出来，是不是有什么害怕的事？"

"我觉得家中充满了幽灵，所以想出来和人握握手，听听人的声音。我感到今晚有很多不是人的东西存在，连我家也到处都是，所以逃了出来。"

"你刚才没进去是对的，雷丝莉很不高兴，我带迪克进去时，她一副很不高兴的样子。"

"那个人的眼睛是不是有点奇怪？"安妮问道。

"你注意到了？没错，一边是蓝色，一边是淡褐色——他父亲就是这样，这是姆亚家的特征。我找到他时，如果不看眼睛，根本认不出那个满脸胡须的肥胖男人就是迪克。"

"可娜莉亚一直认为我不该将他带回来，但我不赞成她的看法——这才是唯一可行之道，这样心中才没有疑问，只是可怜了蕾丝莉，她才二十八岁啊！"

两人默默地走了一会儿，安妮说道："吉姆船长，我好喜欢提着灯走路！有种奇妙的感觉，好像灯外围的黑一直盯着自己，我从小就有这种感觉，也不知为什么。在黑暗中就没有那种感觉——我在黑暗中反而不害怕。"

"我也有点这种感觉，我们真是黑暗中的朋友啊！注意到了吗？凉爽的西风出来了，等你到家时，星星大概也出来了。"

星星出现了，安妮再度回到了自己的"梦中小屋"，那里的炉火还在燃烧，幽灵全部消失了。

第十四章

十一月的赫温港

几周来，赫温海岸呈现红色华丽的色彩，化解了晚秋黯淡的灰青色，原野、海边雾茫茫一片，悲凉的海风令人发抖——夜里大多是暴风或大雨，有时候安妮半夜醒来，总会祈祷没有船只往北海岸走，如果往北海岸走，恐怕会遇上大风浪，这个时候，连忠实的灯火也无法引导船只安全入港了。

"十一月总有一种春天不再来的感觉。"安妮叹息道。

秋夜里，不知有多少晚，安妮和吉鲁伯特是在灯塔度过的。灯塔是一个使人温暖的场所，即使东风歌唱时，只要躲在灯塔里，就感到平安。美蒂也披着金黄甲胄在屋里绕圈子，它大多了，即使没看见太阳也无所谓，吉姆船长和吉鲁伯特正在谈论有关猫的事情。

"上帝要是听见我们谈这么无聊的话题，一定笑死了。"吉姆船长说道。

有时候雷丝莉也会一块儿到灯塔来，与安妮坐在灯塔下的岩石上，直到夜深、天色暗了，才进入屋内。这时候，吉姆船长就会边泡茶给大家喝，边说些海陆故事及外面世界所发生的事。

雷丝莉对这种灯塔聚会，总是相当兴奋，有时发出爽朗的笑声，有时眼睛闪耀着光辉。当雷丝莉在场时，总有一种刺激与乐趣；当雷丝莉不在时，便有种不足之感，雷丝莉总能令身旁的人感到光彩焕发。

"她好像是出生在遥远世界的智识团体中，在这里受埋没了。"有一晚，安妮在回家的路上对吉鲁伯特说道。

"昨晚我们曾讨论过这个问题，你听见吉姆船长的谈话了吗？我们每个人一定有其生涯的运作方式，就如同造物主一样，知道如何使宇宙运营的方法。结果，有些人故意浪费自己的生命——雷丝莉不就是故意浪费自己的生命吗？而从艾凡利小学开始至雷蒙大学毕业的你——安妮，却甘心只待在乡村当个穷医生的妻子，这也许就是在浪费生命啊！

"如果你嫁给罗耶尔，那么今天的你就不会只在这个小小的赫温港，当一个平平淡淡的家庭主妇，而会活跃于社交界或学术界中。"吉鲁伯特说。

"吉鲁伯特！"安妮喊道。

"当初你也爱过罗耶尔吧？"

"吉鲁伯特，太过分了——就像可娜莉亚说的，'真可恶，男人就只会说这些吗？'我从来就没爱过他，只想象过而已，你又不是不知道，与其当个宫廷中的女王，我宁愿当你的妻子。你明明知道的，我们实现了梦想，住进两人的'梦中小屋'，我

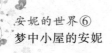
多么兴奋啊！"

吉鲁伯特没回答，但两人都忘了住在小溪上没有宫廷、没有梦的孤独的雷丝莉。

"你看对岸万家灯火，而且克雷村特别亮，啊！你看，那是我们家的灯，我最讨厌回到黑漆漆的家，我们家的灯很棒吧，吉鲁伯特？"

"地球上有几百万个家，但只有一个是我们的家，是'邪恶世界中'的灯塔，男人只要拥有'梦中小屋'和'红发女孩'，就别无所求了。"

"不，还有一件事——等待春天！"安妮高兴地说道。

第十五章

赫温港的圣诞

安妮和吉鲁伯特原本打算回艾凡利过圣诞，最后还是留在赫温港欢度。

"这是我们第一次在自己的家过圣诞节。"安妮说道。

这个圣诞节，玛莉娜和林顿夫人及双胞胎都一起来赫温港欢度。玛莉娜的表情跟坐船绕地球一圈似的，她从没到过离家六十里远的地方，而且也从未在圣诞节离开过绿色屋顶之家。

林顿夫人带了一大堆葡萄干布丁，因为她认为大学毕业的年轻女孩一定不会做圣诞节的布丁，不过她还是对安妮的家大加赞赏。

到达当晚，林顿夫人在客房对玛莉娜说道："安妮是个了不起的家庭主妇，因为我总是由垃圾桶和面包箱来判断一个主妇的持家能力，她的垃圾桶内没有一样不该丢的东西，面包箱也没有其他东西。"

安妮的家第一次呈现欢乐的圣诞景象，圣诞前夜初雪降下，

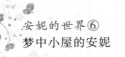

一片美景，海港还没结冰，闪闪发光。

吉姆船长和可娜莉亚受邀一起度圣诞，雷丝莉和迪克也被邀请，但雷丝莉表示，每年圣诞节他们都必须在阿萨克·威斯特伯父那度过，所以不能来。

"那孩子这样做是对的，因为她不喜欢带着迪克到有陌生人的场合。圣诞节对雷丝莉而言，是难过的时节，而不是祝福的时节。"

可娜莉亚和林顿夫人彼此并不喜欢对方，正所谓"一山不容二虎"，但也没有发生冲突。林顿夫人进厨房帮安妮和玛莉娜准备食物，吉鲁伯特则和吉姆船长及可娜莉亚在客厅聊天，但夹在这两人中间，吉鲁伯特倒更希望自己独处。

"这间房子好久没度圣诞了，拉歇尔总是到城市里的好朋友家度圣诞。学校老师住在这里时，我曾来这里度过圣诞节，由老师的新娘主厨，距今也有六十年了——刚好和今天一样——小山被雪覆盖，海港如六月般湛蓝。那是我第一次受邀在外过圣诞节，因为紧张、不好意思，都不太敢尽情享用美食。"

"说得好像你是个不错的男人。"可娜莉亚猛烈攻击。

即使在圣诞节，可娜莉亚的双手还是忙着缝衣物。

"通往男人的心的路不就是胃吗？"吉姆船长说明。

"的确——如果有心的话。"可娜莉亚立刻回答。

"所以才有那么多女人在烹饪上使劲——可怜的阿美莉亚·巴克斯达在去年圣诞节的早上去世，她自从出嫁之后，每年圣诞都要准备二十人份的餐点，而且还要变化出各种料理。

但是，她死了才一年，哈里斯·巴克斯达就蠢蠢欲动了。"

"男人不就是这样吗？"可娜莉亚用熟悉的语调说道。

"这星期日早上，我到美以美教会去了。"

"还不如在家读《圣经》。"可娜莉亚不屑地说道。

"可娜莉亚，我想在自己的教会不说教时，到美以美教会也不是什么坏事。我七十六年来都是长老教会信徒，到了这个年纪，我自己难道没有思考的能力吗？"

"算了吧！"

"我还听见好听的圣歌了。"吉姆船长故意说道。

"自从我们教会圣歌队分裂以来，你也不能否认，唱得太糟了。"

"圣歌队不好又怎么样，只要大家尽心，神听来便犹如黄莺出谷。"

"唉！神都为我们的事烦死了。"

"我们的圣歌队有什么事？"吉鲁伯特忍住笑问道。

"两年前新教堂建立后，便分成了三派——为了基地问题，有东基地派、南基地派及原来基地派，不同派别的人互相争斗，甚至辱骂祖宗八代。你还记得我们开的许多会议中，鲁萨·巴思的伯父站起来演说的那次集会吗？"

"他不是很生气地将前后左右修理了一顿吗？虽是率直的演说，却也没什么效用。你们开了二十七次委员会，最后不也是一样没有教堂吗？不但如此，连做礼拜的场所都没有。"

"美以美教会的人说我们可以使用他们的教堂，不是吗？"

"我们女人可不接受啊！男人们到最后审判日还在吵，我们女人决定建自己的教堂，才不让美以美教会的人来嘲笑我们呢。我们只开一次会就选出委员，筹募捐款，男人要是说什么的话，我们就告诉他们，你们建教堂已经建了两年了，这回该我们上阵了。我们将男人撇开，六个月后，真的建造了自己的教堂。看见了我们的坚毅，男人们才停止争吵，这些男人就是这样！"

可娜莉亚停了一会儿，又继续自我称赞："女人是不会讲道，也不能当长老，但在募集经费方面可不是说说的！"

"美以美教会也有让女人讲道。"吉姆船长说道。

可娜莉亚瞪着吉姆船长，说："我不是说美以美教的人没常识。船长，我只是怀疑他们是否真有信仰。"

"可娜莉亚，你也同意妇女拥有参政权吧？"吉鲁伯特说道。

"我倒是不希望拥有什么参政权，"可娜莉亚轻蔑地说道，"我还不了解男人的目的吗？他们觉悟出自己对这个世界的混乱没办法，于是给我们选举权，让我们来挑这个重担，这就是男人的企图，唉，女人真是一种忍耐力极强的动物啊！"

看到安妮招手，吉鲁伯特进入厨房，安妮关上门，向吉鲁伯特说教。

"吉鲁伯特，请你和吉姆船长不要欺负可娜莉亚，好吗？你们刚才的谈话我都听见了。"

"安妮，你明知道可娜莉亚很愉快啊。"

"但你们不应该两个男人对付一个女人啊。大餐已经准备好了，吉鲁伯特，不可以让林顿夫人切火鸡哦，她一定会说她要切，她会说你切得不好，但你要表现一番让她瞧瞧。"

"没问题，这个月来我已经仔细读过切火鸡步骤的图解了。"

吉鲁伯特切得很好，连林顿夫人也不得不承认。大家一起分享佳肴，安妮对于初次圣诞大餐的成功感到非常满意，露出自豪感。飨宴在热闹气氛中持续了很长一段时间。晚餐结束后，大家围坐在火炉边，太阳在吉姆船长的故事中西沉。

"我必须回灯塔了，"吉姆船长起身告辞，"这真是个愉快的圣诞节，非常感谢！"

第十六章

灯塔的除夕夜

圣诞节结束后，绿色屋顶之家的人也回去了，玛莉娜约定来年春天将再来住一个月。

新年前降雪，港口结冰了，但远处的港湾并没结冰。这一年的最后一天，应该是最寒冷的一天，也更能感觉到爱情的温暖。天空呈现锐利的蓝色，雪如钻石般闪耀着强烈的光辉，树木不知羞赧地裸露着，却也表现出一种厚颜的美，魅力倍增，丑陋也倍增，不是极美就是极丑，只有枞树表现出自己的个性！枞树是具有神秘色彩的树木，一点也不畏惧任何外物的侵入。

安妮在这一天，也觉悟到自己又老了一些，所有美丽都加上了一层忧愁，越想隐藏就越强烈地显现出来。

"美丽的一年过去了！"安妮说道。

吉姆船长计划在灯塔迎接新年的到来，所以安妮和吉鲁伯特正在赶往灯塔的途中。

太阳西沉，西南的天空闪耀着金色的光辉，安妮和吉鲁伯

特看见了金星的影子，它具有神秘的色彩，只有在眼睛不正视的时候才看得见，直视的时候就会消失。

"好像影子的精灵哟。"安妮喃喃说道。

"听说人一生只能看见一次金星的影子，而且在看到的这一年内，会特别好运。"雷丝莉说道，但话中带刺。

即使是金星的影子，也不会为自己的生活带来幸运。在薄暮中，安妮微笑着，因为她确信，神秘的影子和自己有种无言的约定。

到达灯塔时，马歇尔·艾利奥特已经来了。一开始，安妮不太喜欢这个小团体中，加入一个头发、胡须都那么长的怪人，但不久便了解马歇尔·艾利奥特是个"同类"的朋友，他机智、聪明、博学，说故事的才能也不输给吉姆船长。

吉姆船长的外甥小约翰也来和大伯父一起过年，现在已经在长椅上睡着了，美蒂就在他的脚边蜷曲成一团。

"真是个可爱的小孩！"吉姆船长仔细凝望着他，"我喜欢和小孩子睡觉，我觉得这是世上最美的事，很高兴小约翰来我这儿住。他也很兴奋，因为可以和我一起睡，他曾问我：'为什么不可以和父亲一起睡，《圣经》上不是写大家都和自己的父亲睡吗？'我不知该如何回答，连牧师也答不出来。

"今晚睡觉之前，他又问了我两个奇怪的问题，首先是：'吉姆伯父，如果我不是我的话，那我会变成谁？'接着是：'吉姆伯父，如果神死了，会发生什么事？'这孩子的想象力真叫人吃惊哩！"

壁炉边非常热闹，吉姆船长说故事，马歇尔唱着动听的民谣。后来，吉姆船长也从墙壁上取下小提琴，演奏了起来。吉姆船长拉得非常好，大家心醉不已，只有美蒂例外，它箭一般从长椅上跳下来，快速跑上二楼。

"那只猫总是不懂得欣赏音乐，在教堂中听到琴声，也是飞一般地仓皇逃跑。"

吉姆船长的提琴声令人蠢蠢欲动，不久，马歇尔开始扭动双脚，年轻时的马歇尔是一位有名的舞蹈家。接着，马歇尔霍地站起来，向雷丝莉伸出手，雷丝莉也立刻响应。在炉火映照的屋子内，两人随着节奏翩翩起舞，舞出令人惊讶的优雅舞步。

雷丝莉好像受到性灵之力而舞蹈，野性奔放的旋律进入她体内。安妮看得入神，她从未见过这样的雷丝莉，她在动作中洋溢出天性的魅力，如画般动人，而马歇尔看起来就好像是在和金发的北国姑娘跳舞的北欧海盗。

"第一次看见这么美的舞蹈。"

吉姆船长的手疲劳地离开琴弦，雷丝莉边笑边坐回椅子上。

"我很喜欢舞蹈，"雷丝莉红着双颊向安妮说道，"十六岁起就一直没跳过——但非常喜欢，音乐就如水银般在我血管中奔跑，当配合节拍起舞时，我什么都忘了，脚下没有地板，四周没有墙壁，头上没有屋顶——就像飘浮在星空中。"

吉姆船长将小提琴放回原处。一群人在这一年的最后一小时里围坐在炉边，再过几分钟就十二点了，吉姆船长站起来打开窗户。

"欢迎新年来临！"

外面是晴朗的夜，月光就像装饰海湾的花冠，沙洲内侧海港如珍珠般闪亮。大家站在窗户前等待——吉姆船长成熟且经验丰富，马歇尔处在精力旺盛、但充满空虚的中年，安妮和吉鲁伯特在珍贵的回忆上充满希望，雷丝莉眼前则是没有希望的未来。

暖炉小架子上的时钟敲打了十二下。

"新年终于来了，"时钟敲打完，吉姆船长低下头，"希望各位度过最美的一年。朋友，不管新的一年得到什么，我都认为这是世界上最伟大的船长——神，赐给我们的最佳礼物。"

第十七章

赫温港的冬天

元旦之后，冬天猛烈出击，如棕榈叶般的霜覆盖窗户，海港的冰越来越厚，人们开始如往年般在冰上通行，热闹的雪橇铃声不断。月夜中，安妮从"梦中小屋"听到那仿佛是仙女的钟声。由于海湾也结冰了，所以赫温灯塔暂时无用武之地，这也是吉姆船长的休息时间。

"美蒂和我除了等待春天来临，无事可做。以前守灯塔的人，每当冬天来临，便到克雷村过冬，但我还是觉得在这里好。到克雷村的话，美蒂也许会吃到有毒食物，被狗咬也说不定。在这里或许比较寂寞，但请朋友来玩不就好了吗？"

吉姆船长有冰上滑艇，几次邀安妮和吉鲁伯特一起疾驰于冰上。

安妮与雷丝莉穿上雪靴，越过原野，横过港湾，漫步于克雷村的森林里。不管是散步或坐在炉边，两人都是志同道合的好朋友——彼此交换亲切的意见，保持亲密的沉默，使人生更感丰富。尽管如此，安妮仍然意识到雷丝莉与自己之间有距离——好像无法完全消失。

有一天晚上，安妮对吉姆船长说道："我不知该怎么做才能更接近她，我很喜欢她，希望能深入她的内心，但总是无法越过那障碍。"

吉姆船长意味深长地说道："因为你太幸福了，所以你们俩的内心无法真正亲近。这不是雷丝莉的错，也不是你的错，但这种隔阂是无法超越的。"

"在到绿色屋顶之家以前，我的孩提时代也并不幸福。"

安妮眺望着月光下在雪堆上的树叶，感觉到一种死寂沉沉的悲哀。

"也许真是如此，但那只不过是没爹娘照顾的小孩的不幸罢了，你的生活并没有任何悲剧，但是雷丝莉几乎完全埋在悲剧里，那孩子一定无法理解自己的生活里突然闯入一个人——所以不得不与你疏远，以免自己疼痛。你想，当我们身体的某部位疼痛时，不是不希望别人碰触吗？心就和身体一样，雷丝莉的心一定觉得无所遮蔽，所以会把你拒之门外。"

"如果真的是这样，我倒不在乎，因为我也了解这种心情。可是，有时候——不是经常，有时候我感到雷丝莉好像不喜欢我，我从她的眼神中看到怨恨与讨厌——虽然一闪而过，但我确实看见了。这令我很伤心，我很少令人讨厌，更何况我一直积极地经营与雷丝莉之间的友情，怎么没得到响应呢？"

"布莱恩太太，你千万不要有这种想法，她如果不喜欢你，

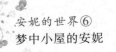

又怎么会和你这么亲密交往呢？我很了解雷丝莉，绝对没错。"

"我第一天到赫温时，看到正在追鹅的雷丝莉，就是这种表情。吉姆船长，是真的，雷丝莉好像很生气地看着我。"

"她一定是为了其他事情生气，只是凑巧被你遇到了。一想到那孩子所受的苦，我就无法责备她，人生不是有许多无法理解的事吗？有时候会以正确的方式进行，就像你和你先生；但有时候又全乱了套，雷丝莉聪明、漂亮，如女王一般，但相反的，她却被关在黑暗的牢笼里，无法得到一般女人希望的幸福。眼见未来的日子，也只是照顾迪克·姆亚而已。"

安妮还是无法去除心中的想法，因为雷丝莉对安妮的怨恨眼神，是一种本能的感受，有时候这种潜意识也会损及两人亲密的友情。安妮一直觉得芒刺在背，而她随时都可能会被刺扎到。

当安妮告诉雷丝莉她希望春天将会给她的梦中小屋带来一个新生命时，她就感觉被针狠刺了一下，因为雷丝莉正用无情、冷漠的眼神望着安妮。

"只有你做得到。"雷丝莉冷冷地说道，接着一言不发地越过草原回家去。安妮感觉深受伤害，一瞬间，她有种从此不再喜欢雷丝莉的心情，但两三天后的一个晚上，来访的雷丝莉又令人感到亲切、率直，安妮又被其魅力迷住了。

又有一晚，雷丝莉在傍晚来访，回去的时候将一个白色小盒子留在了桌上。安妮发现后，好奇地打开一看，里面放着一件做工精细无比的白色小衣服——精美的刺绣，还有一句美妙的话——"装满爱——雷丝莉献上"。

"这一定花费了许多时间及昂贵的材料费，多么可亲的朋友啊！"安妮说道。

但当安妮道谢时，雷丝莉却一副不在乎、好像认为安妮真是多此一举的样子，使安妮又有被拒之千里之外的感觉。

这个家不但收到雷丝莉的赠品，可娜莉亚也为了欢迎头胎而缝制衣物，另外，黛安娜也送来了美丽的小衣服，还有林顿夫人精心制作的小衣服。这个冬天，安妮感到无比的幸福。

吉姆船长是"梦中小屋"的常客，也是最受欢迎的客人，他如海上微风般舒爽，如昔日年代记事中的人物。安妮永听不腻吉姆船长的故事，那饶富趣味的批评与意见也令安妮愉快。

没有什么事会使吉姆船长的意气消沉，也没有什么事会使他生气。

当安妮说吉姆船长总是快活自在时，吉姆船长曾经这么说道："我已经养成了乐天知命的习惯，哪怕是不愉快的事情我也能从中找到乐趣。只要想想坏事总有到头的一天，我就很高兴。每当风湿病发作得厉害时，我就会说：'风湿啊，总有一天你会拿我没办法的，你痛得越厉害，那一天就来得越快。而我一定会撑到最后，总会比你多一口气。'"

有一晚，在灯台的炉边，安妮读了吉姆船长的《生活手记》。

"这是留给小约翰的书，我将航海的所见所闻全部写在里面了，以后约翰可说给他的小孩听。"

那是一本旧封面的书，里面写满了吉姆船长的航海冒险记录。安妮心想，这一定是吉姆船长最珍贵的宝物，一字一句都

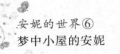
是天然的金块，文学价值虽不高，但也许有人看了这勇敢、冒险、纯朴的《生活手记》后，也能创作出一部伟大的作品。

吉姆船长的《手记》中蕴涵了几十人的悲喜剧。

在回家的路上，安妮对吉鲁伯特说了这件事。

"为什么你不试试自己着手写这本书呢？"吉鲁伯特问道。

安妮摇摇头。

"不行，我能力不足，你知道的，我只会写一些富有幻想、美丽的故事，而吉姆船长的《生活手记》非得由能力强、文笔好、懂得心理学的作家来写。保罗也许可以，我写封信请他夏天来拜访吉姆船长。"

安妮提笔写信给保罗："欢迎到这个海边来，这里也许没有有钱的贵妇人、双胞胎渔夫，但你会发现一位会说精彩故事的老船长。"

保罗回信了，信中表示他将到国外留学两年，所以今年没办法来。

"老师，我回国后一定到赫温港去拜访您。"

"但到时候船长又更老了。"安妮悲伤地说道。

第十八章

春天的讯息

在三月阳光的照耀下，海港的厚冰慢慢地融化。到了四月，海港再度湛蓝，风起时，看得见白色浪花，赫温灯塔在薄雾中如宝石般闪耀。

当灯塔再现灯光的晚上，安妮说道："真高兴能再见到灯光，它在冬天一定寂寞得不得了。没有那盏灯，西北天空一定感到空虚寂寞。"

地面披上新绿，嫩草萌芽，清晨时刻，海面有一层如梦似幻的薄雾。

活泼的海风卷着调皮的泡沫迎面而来，海如少女般微笑，开始新的诱惑，渔村再度充满活力，海上白帆热闹张扬，再度热络地进出。

"在这种春日复活的早晨，不知道我的灵魂是什么心情？"安妮说道。

有天下午，吉姆船长送了许多贝壳，以及在沙丘上散步时

发现的菖蒲束给安妮。

"这在现在已经不多见了，我小时候最喜欢玩这玩意儿——我走在沙丘上，感觉空气中充满香味，才发现脚下踏着菖蒲。我很喜欢菖蒲的香味，那令我想起我母亲。"

"你母亲很喜欢菖蒲？"

"我不知道我母亲是不是见过菖蒲，只是觉得它充满了母亲的芬芳——成熟、健全、愉快——正像母亲的感觉，以前老师的新娘曾将这个包在手帕里，你也可以这么做。"

虽然安妮不是很喜欢，但还是热诚地道谢。

肚子一天天地大了，安妮已经不能走长距离路到灯塔或克雷村的街上了，但可娜莉亚和吉姆船长还是常到"梦中小屋"走动。可娜莉亚为安妮和吉鲁伯特的生活增添了不少乐趣，常常在可娜莉亚回去后，两人还会因为她的言论捧腹大笑不止。有时吉姆船长和可娜莉亚同时来访，对于听者而言，更是愉快，两人在言词上展开唇枪舌战，可娜莉亚攻击，吉姆船长防御，安妮曾经为了维护可娜莉亚而指责吉姆船长。

"啊！我愿俯首认罪，布莱恩太太！"罪人一脸忏悔地说道，"她的舌头能把石头也烫得着火，你们夫妻不是也很喜欢听可娜莉亚的谈话吗？"

有一天傍晚，吉姆船长为安妮带来山楂子，顿时，庭院中充满了海边春暮的空气。克雷村上空银星闪耀，教会的钟声如美梦般悦耳，大海更是低声呢喃。这个夜晚的美丽，托吉姆船长的山楂子之福，更显淋漓尽致。

"今年春天都没有看到山楂子，我真的挺想念它们的！"安妮埋首于山楂子中说。

"赫温附近找不到，只有在克雷内地才有，我今天到那儿为你带了些回来。今年春天只剩这些了，几乎都凋零了。"

"吉姆船长，您真是太好了，没有人想到——就连吉鲁伯特也一样。"安妮头朝向吉鲁伯特，"他也没想到春天我最想要的就是山楂子。"

"我是有其他事——哈瓦特有时想吃鳟鱼，我想拿一条去给他。他以前对我很好，我也只能做这些了。下午我一直在和他说话，他很喜欢和我聊天，曾受过很好的教育，而我只不过是个无知的老船长。

"克雷的民众都认为哈瓦特是个无神论者，因此都避开他。我倒不认为他是个无神论者，而是所谓的异教徒，异教徒被认为是不容易发现神的人。"

"哈瓦特本来是美以美派的人。"可娜莉亚说道。

吉姆船长有点斥责地说道："可娜莉亚，我如果不是长老教会信徒的话，倒会考虑加入美以美教。"

"好啊，如果你不是长老教会信徒的话，做什么都可以。你先前借我的那本书——《关于精神界的自然法则》，我读了三分之一，我不但读常识之书，连非常识之书也读，但那本书什么也不是。"

"的确，那本书一部分是异教思想，但我不是已经告诉过你了吗，可娜莉亚？"

"什么？要是异教我还可以忍耐，但愚蠢的事我却无法忍受。"可娜莉亚镇定地说道。

"说到书，《狂恋》两星期前已经结束了，"吉姆船长说道，"有一百零三章，最后两人结婚了，但两人之前经历过许多苦难，现实当然不一定如此完美。"

"我不看小说之类的东西，对了，吉姆船长，你知道朱迪·拉歇尔今天情况怎么样吗？"

"还不错，但很可怜，还是一样操劳。当然，操劳是他自己造成的，但也不能因此就说他必须受苦。"

"他是个悲观主义者。"可娜莉亚说道。

"不，他不完全是个悲观主义者，只是没找到适合自己的东西！"

"那不就是悲观论者吗？"

"不一样，不一样。悲观主义者是从不去找自己想要的东西。"

"你相信恶魔吗？"可娜莉亚认真地问道。

"我是长老会信徒，你为什么会问那种事情呢？"

"你是相信了？"可娜莉亚追问。

吉姆船长突然表情严肃起来。

"牧师曾说：'宇宙间存在强大的、有恶意的和聪明的邪恶力量。'但我不相信，可娜莉亚，你相信吗？那最好称为恶魔、'恶的本体'等，就像无法排除世界上的无神论者和异教徒一样，这些恶魔也无法除去，但没关系，最后还是会消亡的。"

"希望如此，"可娜莉亚用不太同意的口吻说道，"可是，说到恶魔，比利·布斯现在的确被恶魔附身了，你听说过他最近的动静吗？"

"没有，什么事？"

"比利把他太太花了二十五美元在夏洛镇买的茶色罗纱衣服烧掉了。一开始，他太太穿着那衣服上教堂时，男人们都觉得很漂亮而望着她，不是吗？"

"茶色很配那个人。"吉姆船长思考着说道。

"既然如此，比利为什么要把那件衣服拿到火炉上烧掉，他是吃醋吗？他太太为此笑了一星期。唉！安妮，我要是像你一样会写书就好了，我一定将这附近的男人一个个写出来。"

"布斯家的人都有点奇怪。"吉姆船长说道。

"结婚之前，比利是最正常的，但结婚后就变得有吃醋的倾向了。现在想起来，比利的哥哥达尼尔一开始就不太一样，"可娜莉亚语意深长地说道，"他每两三天癫痫便发作一次，每当他发作时，他太太就得放下工作照顾他。达尼尔去世时，大家都为他太太表示哀悼，但我却为她祝福。他们的伯父更可恶，在自己妻子的葬礼上还喝得醉醺醺地说：'我没醉，我没醉。'她的儿子强尼·布斯昨天结婚，还好因重感冒而没举行仪式。"

"好了，可娜莉亚，别尽损人了。"

可娜莉亚没回答，将头转向苏珊。

苏珊的脸看起来不和悦，却是亲切、上了年纪的克雷村未婚妇人，这几周来在这个小屋子里帮忙做杂事。苏珊这时正好

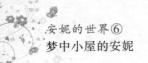

去克雷村探病回来。

"可怜的玛帝夫人今晚怎么样？"可娜莉亚问道。

苏珊叹了一口气，说："情况不太好，很糟，不知是不是会往天国去，真可怜！"

"真的那么严重？"可娜莉亚同情地叫道。

吉姆船长站起来走出屋外，碰到吉鲁伯特。

吉姆船长说道："在那两个妇人面前，有时候不笑也有罪！"

第十九章

破晓与黄昏

六月初，沙丘与原野充满新意，克雷村中苹果花香飘荡，玛莉娜带着有珍珠点缀的皮箱来到梦中小屋。这只皮箱已经有半个世纪之久了，一直被安放在绿色屋顶之家的阁楼。起先，崇拜"医生太太"的苏珊不太喜欢玛莉娜，但玛莉娜不干涉厨房的事，又很照顾太太，善良的苏珊才接受了玛莉娜。

有一天傍晚，天空布满了红色的晚霞，金黄色昏暮中，知更鸟唱着赞美之歌，梦中小屋突然一阵骚动。德布医师与戴白色帽子的护士赶来梦中小屋，玛莉娜喃喃祈祷安妮平安，苏珊则坐在厨房里，耳朵塞上棉花。

小溪上游的雷丝莉看见梦中小屋的灯火通明，当晚一点睡意也没有。

六月的夜很短，但对等待的人而言，却是无限漫长。

"是不是没有尽头啊？"玛莉娜说道。

说完以后，她心急如焚地看着德布医师和护士，没有说话

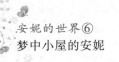

的勇气，如果安妮……

看见玛莉娜痛苦的眼神，苏珊激动地说："我们都这么重视她，请别告诉我们，神要残酷地夺走她的生命。"

"神也重视她，但是没有召唤她去。"玛莉娜轻声说道。

安妮平安无事，身旁躺着一个蓝眼睛的小姑娘。担心了一夜后，吉鲁伯特憔悴地下楼告诉玛莉娜和苏珊这个好消息。

"谢天谢地！"玛莉娜颤抖地说道。

经过痛苦的洗礼，脸色苍白的安妮眼中充满母性的光辉不需要别人指点，除了小宝贝，她根本无暇去想别的东西。有两三个小时，安妮沉浸在天使也羡慕的幸福中。

玛莉娜进屋看婴儿。

"乔丝，"安妮喃喃地说道，"我们选了好多名字，最后决定女孩就叫乔丝，哦！玛莉娜，我一直觉得自己很幸福，但现在才体会到什么是真正的幸福。"

"不要说话，安妮，你必须休息。"玛莉娜提醒安妮。

"你明知道要我不说话是件多困难的事。"安妮微笑着说道。

最初安妮身体太虚弱，又沉醉在幸福里，所以没注意到吉鲁伯特和护士的脸色，也没有看见玛莉娜的悲伤神情。不久，安妮犹如置身雾中般不安，"为什么吉鲁伯特不是很兴奋？为什么吉鲁伯特不说说孩子的事？享受了如天国般的幸福之后，为什么大家不让婴儿和我在一起？一定出了什么差错！"

"吉鲁伯特，小孩儿——没事吧？拜托告诉我——告诉我——"安妮的双唇颤抖着。

吉鲁伯特不敢面对安妮，但这是迟早的事，他只好先在床边看着安妮。门外传来玛莉娜的哀叹声，还有苏珊的哭泣声。

"天啊！天啊！怎么会发生这种事呢？大家都这么期待她的降临，她怎么可以死呢？"

"苏珊，吉鲁伯特说没希望了，他一开始就知道小孩活不成了。"

"这么可爱的孩子，"苏珊啜泣道，"我从没见过这么白嫩的婴儿——大部分孩子都是红色或黄色，而且大眼睛看起来像几个月大，多可爱的孩子啊！可怜的夫人！"

破晓时出生的小生命在薄暮时就离开了人世，留给大家一阵哀伤，可娜莉亚从护士手中接过白色小婴儿，将雷丝莉所做的衣服穿在蜡般的身体上，因为雷丝莉请求这么做。接着，可娜莉亚将婴儿放回哀痛欲绝的安妮身旁。

"神将她赐予我，又将她带走了。"安妮呢喃说道。

可娜莉亚想让安妮、吉鲁伯特与他们夭折的孩子共处，于是走出房间。

隔天，小乔丝就被放在雷丝莉系上苹果花的棺木中，运到教会的墓地。

"真是太令人失望了，我那么愉快地期待她到来——而且一直希望是个女孩。"可娜莉亚叹息道。

"还好安妮平安无事，值得庆幸。"玛莉娜哽咽道。

"真可怜，她的心都要碎了。"苏珊说道。

突然，雷丝莉激动地咬牙说："我羡慕安妮，即使安妮死了，我也羡慕她，因为她当了一天了不起的母亲。"

安妮的复原很费时，因为这件事令她极度伤心，赫温的花和日光无情地刺痛了安妮，每当暴风雨无情地打在小墓地上，安妮就万分心疼。

亲切的访客所表现出来的善意令安妮心痛，菲儿寄来的信更如荆棘般刺痛安妮的心。菲儿只知道小孩出生，不知道小孩去世的消息，所以捎来一封祝贺信，安妮受伤更深了。

安妮向玛莉娜哭诉："如果那孩子在的话，我看到这封信一定会开怀大笑，可是那孩子已经不在了，这封信残酷地刺伤了我——虽然我知道菲儿不是故意要伤害我——天啊！玛莉娜，我这一生就要这么痛苦地度过吗？"

"事情总会过去的。"玛莉娜说道。

安妮燃起反抗之心，愤然道："不公平！有人不想要孩子——却一再生下孩子，我对这个孩子如此期待，却没有机会照顾她。"

"这是上帝的旨意，安妮，而且——乔丝在天国一定很幸福。"

"我不相信！"安妮叫喊着，看到玛莉娜那震惊的表情，安妮更激烈地说道："如果死了会幸福，为什么要她出生——孩子应该一生被爱，享受喜怒哀乐，拥有自己的人生——我怎么能相信死了会幸福呢？而且，这怎么会是神的旨意呢？一定是神的目的受到恶魔的干扰。"

"哦！安妮！你不可以这么说。"玛莉娜担心安妮精神是不是有点恍惚了，"安妮，虽然是我们所不了解的事，但你一定要坚守信仰，相信凡事都会好转，拿出勇气！为了吉鲁伯特——他很担心你，你这样子他有多担心啊！"

"我知道自己很任性，"安妮叹气道，"为了吉鲁伯特，我要活下去，我要更爱他，但我的部分好像也被葬在教会墓地里了，我很痛苦，怕自己无法活下去。"

"安妮，总不能永远如此痛苦啊！"

"痛苦也许会结束，玛莉娜。"

"安妮，我们那么关心你，吉姆船长每天都询问你的情况，姆亚先生也到这个家来过，还有可娜莉亚每天为你做精美的料理，还惹得苏珊不高兴。苏珊说，她自己也能做出和可娜莉亚同样美味的料理呢。"

"苏珊是个好人。啊！大家都对我这么好，玛莉娜，真是谢谢你们。"

第二十章

吉姆船长的罗曼史

安妮终于再现笑容了，这种微笑以前没见过，今后也不会消失。

第一次能坐马车外出时，吉鲁伯特带安妮到赫温码头。吉鲁伯特去看一位患者，安妮则留在码头接受大自然的洗礼。

"你能再度光临，真是我的荣幸！"吉姆船长说道，"请坐，请坐，今天风沙很大，你眺望景色，千万不要看风沙啊！"

"风沙没什么关系，吉鲁伯特说我应该到户外走走，我想到那岩上坐坐。"

"希望一个人去，还是有人做伴？"

"一个人还不如有您相伴。"安妮微笑着说道，随后幽幽地叹了口气。以前她不害怕一个人，现在怎么突然间怕起来了呢？一个人独处时便深刻地感觉到孤寂的肆虐。

"这里是不迎风的好位置，"吉姆船长走到一块岩石处说道，"我经常一个人坐在这里，光是坐着做白日梦也不错。"

"做梦？"安妮叹了一口气，"我已经没有梦了。"

"不，你还有梦，我了解你现在的心情，但只要活着，就有值得高兴的事情，只要你注意，就会找到梦。如果一个人没有了梦，那还不如死了算了，而且，布莱恩太太，你总还会见到乔丝的。"

"可是，我的乔丝已经不在了，"安妮颤抖着双唇说，"就像伦克菲尔所说的，她已成为'一个集上天恩宠于一身的仙女'一般——但是，对我来说，她已经是一个陌生人了。"

"神会赐给你更好的！"

两人沉默了一会儿，吉姆船长缓缓说道："布莱恩太太，你想听已经去世的玛加莉特的故事吗？"

"当然。"安妮欣然同意，虽然不知道"已经去世的玛加莉特"是谁，但直觉告诉她，那一定是吉姆船长的罗曼史。

"你知道我为什么想告诉你玛加莉特的故事吗？因为我希望在我去世之后，还有人会想起玛加莉特，我不想让活在世上的人忘了玛加莉特，而且，现在除了我，已经没有人记得玛加莉特的故事了。

"那是五十多年前一个被遗忘的故事。

"请想象——有一天，玛加莉特在父亲的平底船上睡觉，漂着漂着，那船越过沙洲，漂出了海峡。在那个昔日的夏季午后，突如其来的一场雷雨袭击了这条船，船沉了，而她被雷雨袭击而死。"

遥远的往事，对吉姆船长而言，却恍如昨日。

　　"后来，我在海岸绕了几个月，"吉姆船长悲伤地说道，"我想找寻玛加莉特的尸体，但海并没将玛加莉特还给我。虽然如此，我仍然不死心，不断找寻她的下落。玛加莉特在等我，每当日出时，沙洲出现美丽银色雾的时候，我就感觉那好像是玛加莉特；另外，在森林里看见白桦树时，我也会想起玛加莉特。

　　"她有淡褐色的头发、蓝色的眼睛，手指就跟布莱恩太太的一样修长，只是黑一点，因为她是海边姑娘。有时候，夜里醒来，听到海在呼唤我，就好像死去的玛加莉特真的在海底呼唤我。每当暴风雨来袭，海浪猛烈冲击时，那声音听起来真的就像是玛加莉特的叹息声。晴朗的日子里，波浪微笑时，那声音正是玛加莉特——死去的玛加莉特的可爱笑声。海从我身旁夺去玛加莉特，却又随时让我在不知不觉中发现玛加莉特的影子，布莱恩太太，你能了解吗？"

　　"我一直对你的单身很好奇，很高兴听你说出你的罗曼史。"

　　"我无法再对其他女孩子动心，因为死去的玛加莉特一直和我的心在一起。"

　　吉姆船长对溺死的恋人，五十年来依旧痴心不改。

　　"布莱恩太太，对我而言，现在只有祝福，我想你一定不会忘记这个故事。以后，当你的小孩陆续出生，请你务必告诉他们这个故事，让玛加莉特这个名字永远留在人间。"

第二十一章

打破沉默的心

一阵沉默之后，雷丝莉突然说道："安妮，能够和你一起坐在这里——工作、聊天、沉默，你知道我有多高兴吗？"

两人坐在安妮家中庭院的青草中，小溪从两人身旁潺潺流过，低声呢喃；桦树在她们身上投下斑驳的树影；太阳正在西垂，空气中交织着各种声音，有风吹棕榈木的声音、波浪声和教堂钟声等。

安妮惊讶地望着雷丝莉，雷丝莉将手上缝的衣物丢在一边，用极平静的语气说："你生气的那天晚上，我以为我们从此不会再一起聊天、散步、做事了，而且从那时候起，我才知道，你的友情对我是多么重要——你是多么重要——我是多么可恨的人啊！"

"雷丝莉！雷丝莉！我不准任何人责骂我的朋友。"

"真的，我就是如此——可恨的人！安妮，虽然我知道向你坦白，也许会让你轻视我，但我还是要说，今年冬天、春天，我曾憎恨过你。"

"我知道。"安妮说道。

"你知道？"

"嗯，从你的眼神中看得出来。"

"那你依然对我好，愿意做我的朋友？"

"你只是偶尔恨我，其他时候还是对我很好啊。"

"的确如此！但隐藏在角落的恨意会伤害好意——我恨你，是因为我羡慕你，你有美满的家庭，幸福、美丽的梦……我想要，却从来没有过。我没得到过的东西，你全部拥有。如果我的人生还有一点希望的话，我愿意像你，但是……没有希望——一点希望也没有，所以我觉得不公平，想反抗——我恨你！

"啊！我太惭愧了！但我控制不了这种心情，当不知道你是不是会好起来的那一晚——我认为我受到报应了——那时我才知道，我有多么喜欢你，安妮！自从母亲去世之后，除了迪克那条上了年纪的狗——卡罗，我没爱过任何事物——没有值得我爱的东西！多么空虚的人生啊！没有比空虚更痛苦的事了！虽然我不知道我爱你有多深，但我真的爱你！"雷丝莉声音颤抖，言词中充满激烈的感情。

"不要说了，雷丝莉，不要再说了，我全部了解，你不要再说了。"安妮诚恳地说道。

"我不能不说——我非说不可。当我知道你帮助我的时候，我希望你好起来，听我说这些话，否则，我不能接受你的友情，我一直很担心——不知道你是不是会讨厌我？"

"别担心，雷丝莉！"安妮握起雷丝莉的手。

"啊！我太高兴了！安妮，我太高兴了！"雷丝莉颤抖着说道，"但我还没告诉你最初的事——我们第一次见面——不是在海边的那一次……"

"我知道，是我和吉鲁伯特来这个家的那一晚，我记得你正在追一只鹅。那时我想，你真是个大美人，一直很想知道你是谁。"

"那时我就知道你们是谁了，虽然我没见过你们，可是听说过将有一位医生和他的新娘入住这间小白屋，那时，我就有点恨你了。"

"我感觉得出你眼里充满恨意——后来我又想，不可能啊，一定是我搞错了！"

"我恨你为什么这么幸福，你大概也会认为我是个可恨的人吧——只因别人的幸福而憎恨，而且不是从我身上夺去的。因此，我没来拜访你——虽然知道我应该来一趟，但我办不到，只是从家里的窗户看你——看见傍晚你出来迎接你先生，还有你和你先生一起散步……我又忍不住想起来，还记得那晚我们在海边见面的情形吗？我一直担心你是不是会认为我精神不正常。"

"怎么会呢？雷丝莉，我了解你。"

"那晚我非常伤心，可以说是伤痛欲绝，而且那一天，迪克又特别难应付，他有时候好好的，但有时候又好像变了个人。我没有避难所，只有在他睡着后逃到海边去，坐在岩石上思念我父亲。我……我看见你在跳舞，我真的好恨你，但又好想得

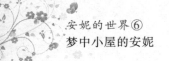

到你的友情。

"那晚回家后，我一想起你对我不知是什么看法时，就觉得无地自容，我哭了一整晚。每次到你家也一样，有时感到非常快乐，有时又被厌恶的心情包围得一点办法也没有，有时对你和你家周围的一切感到生气，我所得不到的东西，你全有。有件事也许很可笑——我对你家那对陶器狗特别怨恨，它们甚至比我幸福千倍。看见你和吉鲁伯特组成那么温馨的家，我真的羡慕极了——我不知道我的家还算是个家吗？

"安妮，我不是个天生爱嫉妒的女孩，小时候，看见同学有而我没有的东西，我也不在意——也决不会因此而讨厌一个人，可是，我现在却变得如此……"

"雷丝莉，拜托，不要再责备自己了，你不是个爱吃醋的人，也许是你现在的生活使你变成这样，但并不会因此而使我讨厌你，你的高尚气质是无法被破坏的。我想你说的都是真心话，我了解你，请你不要再自责了。"

"我太任性、太好强了，当你说希望春天快来时，我真的有一股恨意。一想到自己的举动，我就无法饶恕自己，我哭泣，我后悔。在我做的小衣服中，充满对你的爱，没想到，我做的衣服竟是寿衣。"

"雷丝莉，这才是可怕的痛——请你一定要放弃这种想法，当收到你做的小衣服时，我心里不知有多高兴。既然注定要失去小乔丝，那么，让她穿上包含你我的爱的衣服，不是很好吗？"

"安妮，我仍然像以前一样喜欢你。我想，我不会再对你有

那种恶意了，和你敞开心扉谈过之后，我心中的恨意顿时全消，真不可思议，就像黑暗的房间打开窗户，让光透进来，使得怪物顿时销声匿迹一般，即使光消失后，怪物也不会再出现了。"

"那么，我们就是真正的朋友了！雷丝莉，我真高兴。"

"还有一件事我想告诉你，但请你别误会。安妮，当你的小孩死去时，我是由衷地伤悲，如果切断我一只手可以拯救乔丝的话，我一定毫不犹豫。但你的悲伤为我们解开了一个结，你毫无瑕疵的幸福已经不是障碍了，安妮，请你不要误会，我不是对你的幸福已经不完整而幸灾乐祸——这是真心话，但由于你的不完整，使得我们之间没有鸿沟了。"

"我懂，雷丝莉，忘记过去一切不愉快的事，让我们心诚相待，而且我觉得你一定会拥有美好的未来的。"

雷丝莉摇摇头。

"不，我不敢奢望，而且，就算迪克恢复记忆，情形也一定会比现在更糟。安妮，这是你——幸福的新娘所不了解的，可娜莉亚没有告诉过你我为什么会和迪克结婚吗？"

"有！"

"你已经知道了，如果你不知道，我实在没有勇气提起。安妮，如你所知，我从十二岁起就开始艰辛的生活。在这之前，我的孩提时代很幸福，虽然我们贫穷——但我们并不在乎，我们一家和乐融融，父亲聪明，很爱我，母亲是个温柔的大美人，虽然我和母亲很像，但没有母亲那么美。"

"可娜莉亚说你比你母亲漂亮。"

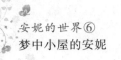

"没那回事——也许我长得比较挺，我母亲因为工作关系而有点驼背吧。但她的脸孔犹如天使一般，我一直崇拜母亲，我们都一样——父亲、肯尼士和我。"

安妮想起可娜莉亚描述的雷丝莉的母亲的形象与此大相径庭，但爱的力量是任何其他事物所无法比拟的。

"肯尼士是我弟弟，你应该知道我有多爱他，而他又是如何惨死的吧？"

"嗯！"

"安妮，我看见车轮从他身上碾过后，他那张痛苦的小脸。安妮——安妮——我现在还看得见，那幕景象永远在我眼前，我的天！"

"雷丝莉，我了解——那么恐怖的事情，还是不说较好，那只会使你的心情更恶劣。"

过了一会儿，雷丝莉渐渐恢复平静。

"接着，我父亲身体恶化、头脑混乱——这件事你也知道吧？"

"知道。"

"之后，我和我母亲相依为命。我满怀抱负，手执教鞭，打算自给自足至大学毕业——算了，不要再提此事，反正也是白费。

"我怎么能眼睁睁地看着母亲走投无路呢？为了母亲晚年的幸福，我并不后悔嫁给迪克。刚结婚时，我并不讨厌他，只是以朋友般的感情相待。我知道他有时会酗酒，但不知他和渔村

其他姑娘的事情，如果我知道的话，就算为了母亲，我也不会和他结婚。

"于是我开始讨厌迪克，但母亲不知道——母亲去世了，只剩下我一个人，我才十七岁——迪克乘船出事，我希望他永远不要回来，这是我最大的愿望，没想到，吉姆船长带回了迪克——我的希望泡汤了。

"安妮，你了解我是怎么样的一个人了吧？你还愿意和我做朋友吗？"

安妮望着夕阳隐没的地方，一轮弯月正透过白桦树树枝倾泻下来。

"不但我是你的朋友，你也是我的朋友——永远。我从来没有过这种友情，虽然我有很多知心要好的朋友，但属你最特别。雷丝莉，你的高贵气质无人能比，我的孩提时代也很坎坷，我们都是了不起的女人——永远的朋友。"

两人紧紧握住双手，灰色眼睛与蓝色眼睛中溢出泪水，脸上都充满相知的微笑。

第二十二章

可娜莉亚的本领

吉鲁伯特坚持夏天将苏珊留在家中，但一开始安妮就反对。

"二人世界不是更浪漫吗？多一个人总是不太对劲，虽然苏珊是个好人，但毕竟是外人，家务活我可以做。"

"你一定得听医生的话。"

"夫人请放心，"苏珊进来说道，"不要担心厨房的事，我会打点得很好，每天早上我会把早餐送到房间给夫人。"

"这样像什么话，我又没生病，却躺在床上吃早餐，真是丑态啊！可娜莉亚说男人将岂有此理的事也认为是理所当然的事，我同意！"

"可娜莉亚？"苏珊言词中包含轻蔑意味，"夫人，请听我说，您也是个明辨是非的人，我搞不懂，一个未婚的女人，为什么老是将男人说得一文不值呢？我也是未婚女人啊，可是我就从没说过男人坏话，我不讨厌男人，可能的话，我也想结婚，夫人，怎么没人向我求婚呢？虽然我不是个美女，但也不比许

多嫁为人妇的女人差啊！但为什么就是没人追求呢？”

“也许是缘分未到吧。”安妮说道。

苏珊点点头。

“我也认为如此，也算是自我安慰吧！全能的神决定了我更好的前程，所以没人娶我。可是有时候我又怀疑，是不是恶魔在作祟，要是这样的话，我可不死心哟。”

苏珊神采奕奕地继续说道："也许我还有结婚的机会，我常想起我伯母挂在嘴边的诗：

> 不论毛多么灰的鹅，
>
> 早晚都会成为雄壮的大鹅，
>
> 有美丽的另一半！

“夫人，在死之前，女人都不能放弃结婚的念头。好了，我要去烤樱桃派了，先生好像很喜欢吃，我喜欢做料理给懂得品尝的男士。”

这天下午，可娜莉亚无精打采地来了。

“我总是不在意世上的恶魔，但人还是充满烦恼，安妮，你总是这么沉静、稳重。嗯？好像是樱桃派的香味，今年夏天我没吃到樱桃派，因为我家的樱桃都被偷摘光了。”

“好了，好了！”在客厅一隅看小说的吉姆船长责备道，“不要没证据乱冤枉别人，一定是知更鸟偷吃了你的樱桃，今年有好多知更鸟呢。”

"知更鸟？"可娜莉亚轻蔑地说道。

"安妮，是两只脚的知更鸟，可能吗？"

"赫温的知更鸟可是很了不起的。"吉姆船长不服气地说道。

可娜莉亚看了吉姆船长一下，随后在摇椅上大笑了起来。

"别笑坏我的肚子了，安妮，你想象一下，知更鸟在我家庭院里偷吃樱桃？"

吉姆船长也笑了。

"我要去问问雷丝莉，想不想将房子租给别人。"

吉姆船长后悔还没吃到樱桃派就走了。

可娜莉亚接着说道："昨天我接到多伦的多德利夫人的来信——两年前她租过我的房子——说今年夏天希望交到好朋友。欧恩·霍特这个新闻记者好像是盖这栋房子的强森·雪尔温的孙子，强森·雪尔温的长女嫁给了加拿大男子霍特，也就是那个人的儿子。这个人好像想找祖父母以前所住的旧房子，他今年春天得了急性肠炎，医生嘱咐他必须到海边静养，他不想住旅馆，希望住在安静的家庭。我八月不在家，所以不能住我那儿，不知道雷丝莉愿不愿意。如果雷丝莉拒绝的话，就只好到对岸去了。"

"如果你到雷丝莉那儿去，请带她一块儿来吃樱桃派，如果迪克情况良好的话，也带他一起来。你要去国王号游艇吗？一定很好玩，听说上国王号一定要有介绍函——乔伊斯·布雷克夫人说的。"

"我打算说服德马斯·赫尔特夫人一起去，"可娜莉亚愤愤说道，"那个人实在需要休息了，光是工作都快把身体弄坏了。德姆·赫尔特对钩针编织很拿手，但不会照顾家人的生活，无法为了工作早起，却能为了去钓鱼而早起，难道他就没有男人可以做的事吗？"

安妮微微一笑，时常听可娜莉亚批评赫温的男人，有时说这个男人把妻子当成奴隶，有时说那个男人是无赖，反正没一个是好男人。就像德姆·赫尔特，据安妮所知，他是一个亲切的好丈夫、好父亲、好邻居，即使有些懒惰，也是天生的，却被可娜莉亚说得罪不可赦似的。德姆的妻子很能干，一家人的生活就靠农场可观的收入维持，体格健壮的儿子和女儿们都承袭了母亲活泼的性格。安妮认为，这是个相当幸福的家庭。

可娜莉亚从小溪上的雷丝莉家归来。

"雷丝莉答应了，正好可借此机会修缮屋顶。另外，雷丝莉很想吃派，但为了找火鸡而无法来，火鸡不知道跑哪儿去了。雷丝莉还是和以前一样，看到她笑，我不知有多高兴，她最近真的变了，像少女时代时一样笑谈。雷丝莉常来你这儿吧？"

"每天——不是她来就是我去，没有雷丝莉的话，我真不知该怎么办，尤其是吉鲁伯特现在那么忙，有时一天只在家里待两三个小时，真怕他太累了。最近对岸有不少人找吉鲁伯特看病。"

"那些人要是能满足于他们自己的医生就好了！那个医生是美以美教派的人，像阿伦比先生，要不是布莱恩医生，他早就蒙主召唤去了，迪克脖子上的肿瘤也是布莱恩医生医好的。"

"迪克好像很喜欢我的样子，小狗似的跟在我后面，我走一步他就跟一步，我要是回头看他，他就高兴得像小孩一样咯咯笑。"

"不觉得讨厌吗？"

"不，一点也不讨厌，我喜欢可爱的迪克，特别是他那副楚楚可怜的样子。"

"我真高兴你喜欢迪克，雷丝莉一定也很高兴。当租房子的人来了之后，雷丝莉的工作势必会增加，那个人也许跟你会很合得来——因为他是个小说家。"

"为什么人们会认为两个会写书的人，就一定合得来呢？"安妮用轻视的口吻反问。

虽说如此，安妮还是期待欧恩·霍特的到来，如果是个年轻而性情好的人，那么，赫温的社交生活中又会增加一位新同伴了。

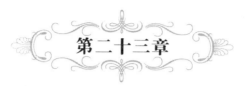

第二十三章

欧恩·霍特

有一天傍晚，可娜莉亚打电话给安妮。

"小说家现在刚到，我和他乘马车到你家后，请你带他到雷丝莉家，因为克雷村莉丝的小孩掉到热水桶里去了，烫伤得很严重，希望我去一趟。安妮，拜托你了，皮箱可以明天搬。"

"我知道了，可娜莉亚，他是个怎么样的人？"

"我把他带过来的时候，你就会知道他的长相了。至于内在，没深谈所以不清楚，好了，有人要打电话了，待会见。"

"苏珊，我想霍特一定是个好男人。"安妮说道。

"哦？我喜欢看到有气质的男人。"苏珊坦率地说道。

"要不要准备什么点心招待他？有入口即化的草莓派。"

"不用了，雷丝莉在等我们呢。而且我想把美味的草莓派留给我那辛苦的丈夫，他会晚一点回来，请准备好草莓派和一杯牛奶。"

"好的，夫人。"

看见可娜莉亚带来的欧恩·霍特，安妮暗自认定这是个好男子，高个子、宽肩膀、浓茶色的头发，轮廓清晰，还有美丽的暗灰色大眼睛。

"夫人，你注意到他的耳朵和牙齿了吗？"后来苏珊问道，"我从来没见过耳形那么好的男人。年轻时，我一直担心不知会不会嫁给小耳朵的男人，其实根本不必担心，反正一次机会也没有。"

安妮没注意到霍特的耳朵，但当他率直地露出笑容时，安妮看到了他的牙齿；不微笑时，那冷酷的面孔就像安妮少女时代梦幻中的忧郁的白马王子。从外表来看，欧恩的确是个出众的人物。

"夫人，真高兴能来这里。"霍特担心地环顾四周，"好奇怪，有种回家的感觉，就像是自小在这儿生长，母亲总是不断向我描述原来的家，而那情景就和这儿一样。"

"这里是'永远不变的王国'，至少，强森·雪尔温的家没什么改变，外面还有你祖父为新娘种植的蔷薇呢。"

"可不可以让我了解这间房子的全貌？"

"我家大门永远为你敞开，"安妮愉快地答应，"而且，赫温灯塔的老船长吉姆也曾说过，我是这间房子的第三个新娘。"

"我一定得去找吉姆船长。"

"我们和吉姆船长都是很好的朋友，船长也一定很想见到你，你祖母在船长的记忆中仍旧如星星般亮丽，不过现在我们得先绕近路到雷丝莉家。"

两人一起举步到小溪上的雷丝莉家。沿路，霍特不断环顾四周。

"这就是赫温！母亲一直褒奖这个地方，没想到这儿真的这么美。我顿时觉得自己像马一样活跃起来，一定可以在这里开始我的加拿大小说。"

"还没开始吗？"安妮问道。

"还没。我总觉得思绪不定，好像有只手在远处向我招手、呼唤，但随即消失，不过在这么平和美丽的环境中，我有把握思绪将如泉涌。听布莱安小姐说，你好像也有写些什么作品。"

"哦，我只是写一些小孩子看的东西，结婚后就没什么动静了。"安妮微笑着继续说道，"我能力不足，还没有写加拿大小说那么大的志向。"

霍特也笑了。

"对我而言，这也是一次挑战，但我还是打算试一试。"

突然间，一个念头闪过安妮的脑海，但因为已经到达雷丝莉家，所以来不及说出口。

两人进入庭院时，雷丝莉从侧门阳台出来，她身后的窗户透出暖和的黄色灯光，雷丝莉在绿色衣服上系了一条红腰布，她以前从来没让红色在身上出现过，哪怕只是一朵花。安妮认为，这是雷丝莉强烈封闭的个性象征，此时的她，则犹如海上一朵靓丽的花。

即使在黑暗中，雷丝莉的美貌仍然令人赞叹。

"那个美人是谁？"霍特问道。

"她就是姆亚夫人，很漂亮吧？"

"我——没见过这么美的女子，"霍特茫然地说道，"连想都没想过呢！是不是海龙王之女，被天神下放到人间的？"

"她不是女神，和我们一样都是人类，只是真的很漂亮。布莱安小姐对你提过姆亚夫人的事吗？"

"嗯！好像她先生有精神上的缺陷，不过没什么，我本来以为她只是个普通妇女。"

"这样很好，请不要在意迪克，他只不过是个大小孩，有时也会恶作剧。"

"我不会在意的，除了吃饭，我想我不常在家，但雷丝莉真可怜。"

"的确，不过，她不喜欢被人怜悯。"

雷丝莉从阳台进屋，然后走到玄关欢迎两人，向霍特打了一个慎重的招呼，请两人入内用餐。迪克高兴地将行李拿到二楼。从此，霍特便成为这间老房子的新房客了。

第二十四章

吉姆船长的《生活手记》

"我有如小褐色茧般的想法，也许它突然之间会变成蛾也说不定。"安妮回家后对吉鲁伯特说道。

吉鲁伯特比安妮想象中早回家，正在享受苏珊美味的樱桃派，身后的苏珊像个守护天使，满溢慈悲地望着吃得津津有味的吉鲁伯特。

"什么想法？"吉鲁伯特问道。

"现在还不能说。"安妮说道。

"霍特是个怎么样的男子？"

"是个相当不错的好男子。"

"他的耳朵真的很大哟，先生。年纪大概三十到三十五之间，正准备写小说，声音很有磁性，笑起来很好看，整体说来挺协调的。"苏珊愉快地说道。

隔天傍晚，霍特带着雷丝莉给安妮的信来到安妮家，两人待在庭院直到日落，接着乘吉鲁伯特准备夏天度假用的小游艇

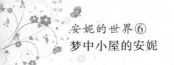

出海，两人就像旧识一样自然。

"夫人，他的耳朵真的很好看！"霍特回去后，苏珊说道。

霍特赞美苏珊做的草莓蛋糕很好吃，使得苏珊欣喜万分。

晚餐后不久，苏珊想："那个人还没结婚，真是不可思议，一定有很多女孩喜欢他，嗯！他一定周旋在众多美人之间，不知该如何决定。"想着想着，苏珊感到一股罗曼蒂克的气氛。

两天后，安妮带霍特到灯塔，介绍他与吉姆船长认识。

"吉姆船长，你猜霍特是谁？"安妮问道。

吉姆船长摇摇头。

"我猜不出来，但他进来的时候，我就在想'这眼神我以前好像在哪里见过'！夫人，我真的曾经见过。"

安妮平静地说："想想几十年前九月的某个早上，港口驶进一艘船——等了又等的船——威利阿姆号，船长第一次看见学校老师的新娘。"

吉姆船长跳了起来。

"这是芭西恩·雪尔温的眼神……你应该是——她的孙子。"

"是的，我是她的孙子，是亚里斯·雪尔温的儿子。"

吉姆船长兴奋得握紧霍特的双手。

"亚里斯·雪尔温的儿子啊，学校老师的子孙都住在哪里呢？没有一个人在这岛上吧？亚里斯——亚里斯——那座小房子里出生的第一个婴儿，备受欢迎的婴儿，我不知抱过他多少回，他第一次一个人踏步走出，就是从我的膝盖出发。那孩子的眼睛像他母亲——将近六十年前的往事了，他还好吗？"

"去世了，我很小的时候他就去世了。"

"唉！我还活着，听到他去世的消息，真不是滋味！"吉姆船长叹息道，"但能见到你，我不知有多高兴，好像时光又倒流了。"

吉姆船长开心畅谈，霍特才了解船长就是所谓的"真正的小说家"，便恭恭敬敬地望着他。吉姆船长明知安妮写书，但从未真正当回事儿，他直言不讳地说，女人是愉快的生物，可以有选举权，可以享受任何想享受的事，但他不相信女人能写书。

"看看《狂恋》吧！"吉姆船长以不屑的语气说道，"那是女人写的小说，本来十章就可全部说完，她却写了一百零三章，真会拖泥带水。"

还好，吉姆船长只说到此。

"那本《生活手记》可不可以借给霍特看看？"安妮请求道。

"算了吧！那不算什么！"

吉姆船长嘴里说不，内心则欢喜得不得了。

"我真的很想看，您说的故事很精彩，但我还想拜读您的《手记》。"霍特也央求道。

于是，吉姆船长从旧箱子中取出《生活手记》，交给霍特。

"我没什么学问，只是把所见所闻描述下来，本来是打算留给我的外甥强森阅读的，实在不登大雅之堂。"

吉姆船长看霍特接过《手记》后，一直盯着《手记》看，便笑着到柜子上拿茶杯，请大家喝茶。霍特则跟从守财奴身上取下钱似的，对吉姆船长的《生活手记》爱不释手，喝完茶又

急忙拿起来看。

"可不可以借我拿回家看？"

吉姆船长如交出宝物般地答应了。

在回家的路上，霍特说道："吉姆船长是位令人惊讶的老人！"话中充满感叹，"真是了不起的生涯，他一星期的冒险，大概超过我们一生的冒险，你认为他的故事全都真实吗？"

"是啊！吉姆船长不会说谎，这附近的人都说吉姆船长的话都是确有其事。原来还有其他可以证明吉姆船长所说是否真实的船上同伴，但那些人都已陆续死去，吉姆船长是爱德华岛最后一位老船长了。"

第二十五章

霍特的写作

隔天早上，霍特兴奋地造访白色小屋。

"夫人，这真是精彩的《手记》——太精彩了！如果以此为题材，我今年应该可以写出最佳小说，这真的是吉姆船长给我的吗？"

"我看你是乐昏头了，"安妮叫道，"事实上，昨晚我带你去的时候，就有这个念头，吉姆船长一直希望有人能将他的《生活手记》改编成小说。"

"夫人，今晚可不可以再陪我走一趟灯塔？我想亲自请求吉姆船长。"

当吉姆船长听了霍特的计划后，兴奋得难以言喻，梦想终于要实现了，自己的《生活手记》可以公诸于世了，这是多美的事啊！

"我想将行踪不明的玛加莉特的故事加进去，串连成一段美妙的罗曼史。"

"太好了！"

"那不就是我们的共同创作吗？"霍特兴奋地叫道，"你是魂，我是体，两人共同创作。吉姆船长，我们立刻进行。"

"我的故事竟被学校老师的孙子编成书！"吉姆船长叫道，"你祖父是我最要好的朋友，直到现在，我仍对他念念不忘。"

于是，灯塔客厅中的小房间成了两人的工作室，因为霍特在写书的时候，吉姆船长有在场的必要，以便商量有关航海技术、知识等。

对吉姆船长而言，那是真正幸福的夏季。霍特将工作的小屋视为神圣殿堂，一切情节均和吉姆船长商量，但从不让他看原稿。

"等出版了再让你看。"

霍特从《生活手记》中寻找宝物，沉醉于行踪不明的玛加莉特的幻想中。玛加莉特对霍特而言，就像是实实在在、活生生的人物，活在书页之中。

霍特埋首于原稿，让安妮和雷丝莉阅读、批评，后来评论家们赞不绝口的章节，就有来自雷丝莉的提案。

因为自己想法的成功，安妮高兴得不得了。

"当我看见欧恩·霍特时，就知道他能做到，他脸上显现着幽默与热情，这是写此书的必备条件，他真的做到了。"安妮对吉鲁伯特说道。

霍特通常在上午执笔，下午则和布莱恩夫妇愉快地出门，雷丝莉也时常同行，吉姆船长为了让雷丝莉更自由，经常代替

她照顾迪克。一伙年轻人就在海岸、河川中找寻到无数的主题与灵感。

自从向安妮倾吐心事以来，雷丝莉就像换了个人，原来的冷淡态度消失了，烦恼的影子也没了，变得如少女时代般浑身上下绽放出光芒。没有人笑得如雷丝莉般动人，也没有人像雷丝莉那样富于机智。如果缺少雷丝莉，一伙人之间就像欠缺一种奇妙的香味，雷丝莉的光辉是从灵魂中绽放出来的。

对于霍特而言，他书中的"玛加莉特"的姿态已在许久之前消失了，但她的性格就如同赫温港日常生活中的雷丝莉一般。

九月的某一天，凉风徐徐吹来，从湾水的蓝就知道秋天已近。

"快乐的日子总无法永久持续。"安妮叹息道。

当晚，霍特将书完成。

"还有许多工作——修正、删除等，但大体上已经完工。如果顺利找到出版社的话，大概明年夏天就可以发行了。"

霍特一点也不担心找不到出版社，因为他对这本伟大的书有信心，知道这本书可以带给自己名声与财富。但写完最后一行后，霍特将头埋在原稿中，独自静坐了好长一段时间，这时，他脑海中充满的，并不是自己完成的伟大作品。

第二十六章

霍特的告白

"吉鲁伯特还在值班，真可惜！克雷村的亚兰太太受伤了，吉鲁伯特走不开，但他说明天早上会来送你，我和苏珊两人计划今晚为你送行。"

安妮坐在吉鲁伯特制作的圆木椅上，霍特站在安妮面前，如白桦树般站着。霍特的脸色看起来没什么精神，似乎昨晚没睡好，这时安妮才发觉，其实霍特这一星期来都显得闷闷不乐。

"吉鲁伯特先生不在，反而好些，"霍特缓缓说道，"我只想见你一个人，请你听我说些话，否则我会疯掉。这一星期，我一直想面对现实——但我不行。我知道你值得信赖，也相信你了解，夫人，我——爱上雷丝莉了！"

突然，霍特声音哽咽，将脸埋在双手中，全身发抖。安妮则吃惊地盯着霍特，真没想到会发生这种事——但为什么没想到呢？现在想起来，那是自然的、必然的，安妮惊讶于自己没看出来。但是，这种事情在赫温是不被允许的，也许世界上其他地方的法律可以无视——但这儿不可以。这十年来，雷丝莉家每当夏季，就不断有租房子的人前来，但从没发生过这种事情，不过，也许那些房客都不像霍特这般才华横溢吧！

现在的雷丝莉不像以前那个冷漠、不好相处的姑娘，而是温柔、活泼、开朗的女孩，应该有人会想到这种事啊！为什么可娜莉亚没想到呢？安妮对可娜莉亚感到愤怒，但不管是谁的错，都会造成伤害。对了，雷丝莉怎么想？安妮最在意雷丝莉的想法了。

"这件事雷丝莉知道吗？"安妮问道。

"不——不知道，除非她察觉到，我没告诉她。夫人，我真的爱她！我无法不爱她。"

"她呢？"安妮后悔问了这句话。

"当然她不知道这回事，但如果她是自由之身，我有把握让她喜欢我。"

"但是，霍特，雷丝莉并非自由之身，你能做的事只有默默离去，让她过自己的生活。"

"我知道，我知道。"霍特呻吟道。

霍特在草堆上坐下来，眺望着琥珀色的海水，一脸灰暗。

"我知道我什么也不能做，只能望着她说：'姆亚夫人，今年夏天感谢你的照顾，谢谢！'除此之外，我什么也不能做，然后留下租金离去。啊！就这么简单，没有犹疑，没有迷惑，我不能问自己：'你真的要这么做吗？'但是，夫人，我就只能这么做了。"

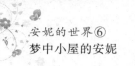

　　安妮听出霍特声音中隐含的苦痛，在这个场合下，安妮说不出适当的话，当然不会责备——也没有忠告的必要——而同情对男人而言只是嘲笑。安妮只能怜悯与遗憾，一想到雷丝莉，安妮就觉得心疼，那女孩的苦难已经够多了！

　　"如果她过得很幸福，我就不会因为离去而伤心，但她犹如一具活生生的尸体——我怎么能抛弃她呢？为了她的幸福，即使献上我的生命，我也在所不惜——但我对她一点帮助也没有，她就这么永远做着奴隶——过着没有希望的日子，只有空虚、无意义的岁月，每当想到这些，我的心就乱了。"

　　"真苦啊！"安妮悲伤地说道。

　　"我了解她是个何等丰富的人，美丽在她资质中算是最微不足道的，但我真的没见过这么美丽的姑娘，看她笑，我也想笑，她的眼神如此深邃，使我无法抗拒。夫人，您见过她垂下的长发吗？"

　　"没有。"

　　"我见过——只有一次，"霍特的眼神中充满了幸福，"我和吉姆船长到岸边钓鱼，但风浪太大只好作罢。雷丝莉本来以为只有她一个人，所以乘机洗头发，站在阳台上让日光烘干长发。她的头发就像活生生的黄金泉，一直垂到脚部。她一看见我就急忙进屋，但风将她的头发吹得像漩涡一样绕住自己，这时候，我深深感到自己爱上了她。还有，当她在黑暗中，背对灯光而立时，我也察觉到自己已经爱上她了。但是她必须照顾迪克，必须在这里生活，另一方面，我是她的朋友，却不能给她任何

帮助。昨夜我在海边走到天亮，反复思考这件事，我不后悔来到赫温，但怎能就这样离去呢？我爱她，却不能告诉她，真是痛苦啊！

"夫人，我忍耐不住，才会对你说出这些话，因为我知道，如果告诉雷丝莉，只会带给她更多苦恼。明天，我会努力掩饰窘态，不动声色地离去，但是，可不可以请夫人偶尔写信告诉我雷丝莉的情况？"

"当然可以。你走了，我们也会感到寂寞——毕竟大家都是那么好的朋友，如果没发生这件事，明年夏天你也许还会再来，但也许你终会忘记，无论如何，欢迎你再来。"

"我决忘不了——也决不会再回来！"霍特简单地回答。

沉默与暮色充满了庭院，远处海浪拍打着单调的声音，白桦树如仙女般摇曳着。

"很美吧？"霍特指着白桦树问道，但话中另有深意。

"太美了，所以感到痛苦，"安妮温柔地说道，"小孩子感到痛时会喊'痛'，但心灵的痛苦，却是喊不出的。"

"也许这是禁锢在我们内心的灵魂呼唤它的伴侣时的最佳方式吧。"霍特喃喃说道。

"你好像感冒了，鼻音很重。"可娜莉亚说道。

可娜莉亚从枞木间的小木门进来时，听到霍特说的最后一句话。安妮露出迷人的笑容，霍特也笑了，的确，一切感伤在可娜莉亚面前都消失殆尽。安妮也不认为事态有多绝望，但那晚，她还是失眠了。

第二十七章

海边之夜

隔天早上，欧恩·霍特出发离去。傍晚，安妮去找雷丝莉，但家中一个人也没有，门上了锁，一盏灯也没亮，就像是失了魂的家。隔天，雷丝莉也没到安妮家——这是个不好的现象。

吉鲁伯特晚上要到入江的渔村，安妮就和他一起搭马车到吉姆船长那，但今夜是阿雷克守灯塔。

"怎么办？和我一起去？"吉鲁伯特问道。

"我不去入江，但和你一起到海边，等你回来再一起回家。"

安妮一个人沉浸在沙洲的美丽怪夜中。九月是暖和的，午后雾渐浓，但由于是满月，所以稍薄了一点，港湾四周海岸呈现非现实的银色变化世界，看起来如幽灵一般。而灯塔上的灯光就如同仙界，使海边充满神秘的气氛。

只有安妮一个人在吗？好像有什么东西浮现在安妮面前的暮霭中，轮廓渐渐清晰——突然向这边靠近。

"雷丝莉！"惊吓之余，安妮大叫，"你今晚到这里做什

么呢？"

"你还说，那你来做什么？"雷丝莉笑着说道。

雷丝莉脸色发青，好像很疲惫的样子，但茶色帽子下的眼睛炯炯有神。

"我在等吉鲁伯特——他到入江去了，我本来打算在灯塔等他回来，但吉姆船长不在。"

"是这样啊，我是到海边来走走，"雷丝莉慢慢说道，"海浪太高了，岩石挡不住，我只好躲到这里来。吉姆船长驾着平底船回来了，我们去散步吧！一直站着多没意思啊！"

"雷丝莉，你怎么了？"其实安妮已经了解了。

"我不想说——请你不要问，我知道让你了解没什么关系——但是，我不想说——不想对任何人说。我太愚蠢了，安妮——啊！世上没有这么愚蠢的人了。"

雷丝莉苦笑，安妮紧紧抱住她。

"雷丝莉，你是不是喜欢霍特？"

"你怎么知道？安妮，你怎么知道的？天哪！原来我清清楚楚地写在脸上。"雷丝莉激动地大叫。

"不是，不是，我是怎么知道的？它是突然从我脑子里冒出来的，雷丝莉，拜托别这样！"

"你会看轻我吗？"雷丝莉低声说道，"你是不是觉得我不守妇道，或者觉得我很傻？"

"我一点也不那么想。雷丝莉，就像遇到人生重大危机时坐下来商量一样，对于这件事，也请你冷静地坐下来考虑。答应

我，不要凡事往坏处想！"

"可是我觉得很丢脸，他没追求我，我却喜欢他，而且我又不是自由之身。"雷丝莉喃喃说道。

"这没什么好丢脸的，只不过，爱上霍特会造成不幸的结果。"

"我不是故意要去爱上他的，"雷丝莉边走边激动地说道，"而是情不自禁。一星期前，当霍特说书已经完成，必须回去时，我才知道自己的心情，好像有种凄凉的感觉，在这之前，我一直沉醉在美梦中，不料梦竟然醒了。我没说出来，但我不知道自己的表情是不是表现出来了，要是他知道，那真是羞死了。"

安妮想到与霍特的谈话，而雷丝莉仍然沉醉在回忆中。

"安妮，今年夏天，我好幸福——可以说是出生以来第一次感到这么幸福。当然，那种幸福和我们之间的友情不同，但现在一切都结束了，他也已经走了。安妮，我该如何活下去？今天他走之后，我回到家中，只感到一股寂寥的气氛。"

"别这么痛苦，雷丝莉。"从一开始就感觉出朋友痛苦的安妮，只能善意地安慰雷丝莉。

"哎！对我来说，痛苦只会越来越深，我已经没什么好期待的了——他不会再回来，我再也见不到他，但那只残忍的手却将我的心紧紧抓住，如果是很久以前，那一定会是段美丽的爱情，但是现在，什么都不可能发生了。昨天早上，当霍特用冷漠的语气对我说'姆亚夫人，再见'时，我感觉到，我们甚至连朋友也不是——好像对他而言，我什么也不是，虽然我不奢

望他喜欢我，可至少该亲切一点啊！"

"唉！要是吉鲁伯特回来就好了。"安妮心想。

安妮夹在对雷丝莉的同情和对霍特的承诺之间，左右为难。她了解霍特为什么如此冷漠，为什么连朋友之间的亲切也没有，却不能告诉雷丝莉，什么也不能说。

"我什么也不能做，安妮！我不知该怎么办？"雷丝莉可怜地说道。

"我懂！"

"你怪我吗？"

"一点也不！"

"你不会告诉吉鲁伯特吧？"

"雷丝莉，你认为我会这么做吗？"

"我不知道，你和吉鲁伯特感情这么好，我想你们之间一定是无话不谈。"

"如果是我自己的事当然是无话不谈，但朋友的秘密，我不会说。"

"不可以让霍特知道，但让你知道没关系，我不会对你隐瞒任何事情，我知道你永远不会嘲笑我。还有，最好不要让可娜莉亚看出来，有时候，她的眼睛会读懂我的心事。唉！如果这雾永远不会散去多好，那么，我就可以躲在雾中了。

"刚才我还在想，不知能不能活下去，今年夏天如此满足，那就够了。以前总是你和吉鲁伯特一起回家，我独自孤零零地往回家的路上走，但自从霍特来了之后，我们总是一起回家。

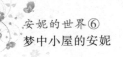

我们还笑着说，我俩就好像你和吉鲁伯特，那时真的很幸福，可是，现在——唉！我真傻，我不该再说这些傻话了。"

"吉鲁伯特来了，你和我们一起回去吧。"

"安妮，谢谢你！"雷丝莉望着安妮，心中充满感谢。

"雷丝莉今晚显得相当安静，"到家后，吉鲁伯特对安妮说道，"她怎么会一个人在海边呢？"

"哦，她太累了。而且你也知道，迪克睡着后，她喜欢一个人到海边走走。"

"真可惜，雷丝莉应该早一点碰到像霍特这样的男人，他俩真是理想的一对。"吉鲁伯特说道。

"拜托，吉鲁伯特，别乱点鸳鸯谱好不好？男人就是这么讨厌！"安妮尖锐地叫道。

"这也没什么啊，我只是这么想而已。"吉鲁伯特抗议道。

"别浪费时间想这个问题了，"说着，安妮立刻转变话题，"啊！但愿天下有情人都像我们这么幸福。"

第二十八章

闲　聊

"我刚才看到一则讣闻。"

可娜莉亚放下《日日新报》，拿起衣服缝制。

十一月的天空一片昏暗，海港也显得没有朝气，枯叶满地，但小白屋的炉火再加上户外的羊齿草，使安妮感到犹如春天一般。

"这里永远像夏天。"雷丝莉总爱这么说，但这也是来到梦中小屋的访客的同感。

"最近，《新报》好像隐藏了不少讣闻，以前总是有两段，现在却一行都不到。这里有一段格调不同的诗，正适合你：

　　这位姑娘到造物主跟前去了，

　　不会再来。

　　每天欢喜度日，

　　唱着快乐的歌曲。

"不能说这个岛上没有才能出众者，安妮，你注意到死了多少好人吗？真可惜，这里只有十则讣闻，但每一位都是模范人物，男人也是，彼得·萨蒙先生的就写道：'不要到那时留下许多朋友的叹息——你的死亡。'

"彼得已经八十岁了。安妮，没事的时候看看讣闻，特别是认识的人。我如果能为谁写讣闻就好了，彼得的脸会令我想起'讣闻'，另一个使我想起的名词是'寡妇'，还好，我绝对不会成为任何男人的'寡妇'。"

安妮说："艾凡利许多墓地上都写着'某某人的寡妇某某某拜祀'，为什么关于死的言词，总以不愉快的居多呢？我一直在想，最好废止将尸体称为'遗体'的习惯。葬礼的时候，我听到'请各位瞻仰遗体'，就觉得毛骨悚然，好像是一种食人宴。"

"我死的时候，绝对不要任何人称我为'死去的姐妹'。五年前，一个旅行福音传道者到克雷村来开会，当我被称为兄弟姐妹时，整个人都呆住了。我不喜欢那个福音传道者，总觉得他怪怪的，那个男人好像是长老会教徒——我猜他一定是美以美教派的，他们称任何人都是兄弟姐妹，真反感！

"有一天晚上，他还紧紧拉着我的手，用请求的口吻说：'我的妹妹布莱安小姐，你是基督徒吗？'我听了立刻回他：'费斯克，我只有一个弟弟，十五年前已经埋葬了。至于我是不是基督教徒，当你还穿着婴儿衣服在地上爬的时候，就已经是了。'

"他听了我的话就沉默了。不过，安妮，我并不是一竿子打翻一船人，福音传道者中也有了不起的人，反正有极好的，也有极坏的，费斯克这个男人就不行。有一天晚上，他大笑着说：'请基督教徒站起来。'我偏偏不站起来，因为我觉得没有站起来的必要，但大部分人都起立了。接着，他又说：'这次请想成为基督徒的人站起来。'过了一会儿，没有人动，费斯克就开始大声唱赞美歌。

"就在我正前方，艾基·贝卡坐在米尔逊家的席位上。可怜的艾基是个十岁的小童工，不管在教会或任何地方，只要有两三分钟的时间，他就忍不住打瞌睡。在这个集会上，他一直在睡觉，我真的觉得他该好好睡一觉，但费斯克的声音飘荡在空中，加上其他人的合声，艾基吓得睁开眼睛，以为唱赞美歌时大家一定要站起来，于是猛地一下跳起来立正，因为他知道在集会上打瞌睡一定会被米尔逊责骂。费斯克看到这一幕，停止唱歌，大喊道：'又一个灵魂得救了，哈里路亚！'可怜的艾基只一味地发抖，根本没想到自己灵魂的事，他已经疲倦得无暇想其他事情了。

"有一晚，当雷丝莉正要出门时，他立刻挡在雷丝莉前面——那个男人总是关心美女，真的——这令雷丝莉非常生气，再也不到集会去了。因此，费斯克每晚都在众多人面前祈祷："主啊！请软化那个女孩的心吧！"后来，费斯克又说：'美丽，但是毫无悔意的年轻女人！'我忍无可忍，将赞美诗本子扔到他脸上。但费斯克还是继续布道，真不要脸。"

可娜莉亚说了一长串，接着又提到霍特。

"像霍特那种男人，我也不想和他说话。"

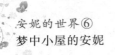

"为什么？你不是觉得他不错吗？"安妮惊讶地问道。

"是不错，可是他对雷丝莉造成的伤害令我无法饶恕他。可怜的雷丝莉为了那男人而痛苦不堪，而霍特到了伦敦后，还不是一样过得好好的，哪还会想到雷丝莉啊！男人就是这样。"

"可娜莉亚，你怎么知道这件事呢？"

"安妮，我有眼睛啊！我看着雷丝莉长大，今年秋天，她的眼神一直充满悲叹，我就知道，里面一定有小说家的故事。我带他来这里是我的错，可是，我以为他和其他房客一样，没想到竟给雷丝莉带来困扰，他太不应该了。"

"可娜莉亚，你千万不要让雷丝莉感觉到你已经知道了她的秘密，否则她会更难过的。"安妮请求道。

"安妮，放心吧，我又不是昨天才出生的婴儿。男人真是祸端，先是毁了雷丝莉的一生，现在又有一个男人让雷丝莉痛苦，这个世界真是可怕。"

"一切的不如意都会过去，总会好起来的。"安妮呢喃道。

"但那是没有男人的世界。"可娜莉亚阴沉地说道。

"这次男人又怎么了？"刚进屋的吉鲁伯特问道。

"祸害——祸害！不然还能做什么？"

"吃苹果的是夏娃哟，可娜莉亚！"

"可是诱惑夏娃的是男人啊！"可娜莉亚不服气地回道。

虽然每个人都有自己的苦痛，但生活总还是要继续。雷丝莉也知道自己沉浸在苦闷中，但生活就是不断地忍耐，于是再度加入安妮梦中小屋的热闹气氛中。在愉快的时光中，安妮希望雷丝莉忘记霍特的事。但有几次提到霍特的名字时，安妮看见雷丝莉的眼神里充满了渴望，安妮知道，雷丝莉还是不能忘怀。

安妮心疼雷丝莉，总是想办法将霍特来信内容说出来给大家听。这时候，雷丝莉的内心激情澎湃，表面上仍装出一副若无其事的样子。

有一天，老狗卡罗死了，雷丝莉悲叹道："这只狗和我已经是这么多年的朋友了。"

雷丝莉忍不住向安妮诉苦："这是迪克的狗，是我们结婚后养的，自从迪克乘'四姐妹号'出航后，它就一直跟在我身边。卡罗非常了解我，我母亲去世后，就是它陪我度过漫长的日子。迪克回来后，它担心是不是不能再跟着我了，虽然迪克以前对卡罗很好，但卡罗好像一点也不喜欢他，见到他好像见到不认识的人。我很高兴，能够拥有它全部的爱。

"安妮，我知道它老了，但仍希望它能熬过这个秋天。今天早上它还很有活力，趴在炉前毛毯上，后来突然跳起来，爬到我旁边，头靠在我的膝盖上。我看见它眼睛里充满了爱，接着，它抖了一下就死了。失去这只狗，我觉得好寂寞！"

"雷丝莉，我另外送你一只，吉鲁伯特在圣诞节会送我一只可爱的狗，我也送你一只。"

雷丝莉摇摇头。

"安妮，谢谢！我现在还不想养其他狗，我无法将爱立刻转移到其他狗身上，也许——过一阵子吧！卡罗就像人一样，我必须为它举行葬礼。"

圣诞节前一星期，安妮便回艾凡利，一直待到圣诞节过后，吉鲁伯特也在圣诞节前来到绿色屋顶之家，和大家欢度佳节。林顿夫人和玛莉娜则拼命做各种美味的料理招待他们，令安妮和吉鲁伯特过了个非常丰盛的圣诞节。

回到赫温后，他们发现梦中小屋几乎要被冲毁了——入冬以来第三次暴风袭击，加上发生雪崩。吉姆船长在路口铲雪，可娜莉亚则在起炉火。

"安妮，你回来了，你见过这么大的雪吗？不上二楼根本看不到雷丝莉家。雷丝莉看见你回来，一定高兴死了，那孩子想死你了，迪克挖雪挖得好高兴，苏珊说明天会来帮忙。吉姆船长，接下来去哪里？"

"想去克雷村的马奇·史特龙老人那里看看，他离人生的终点不远了，没什么朋友，很寂寞——以前忙得没时间交朋友，但金子却堆积如山。"

"算了吧！他到现在才知道朋友比金钱重要，可是已经来不及了！"可娜莉亚说道。

吉姆船长走出去，在庭院里想了想又往回走。

"霍特寄信来了，说书大概明年秋天出版。真高兴，终于可以看见书了。"

"那个人好像很重视你的《生活手记》哦！"可娜莉亚不屑地说道。

"我也觉得那是世上独一无二的作品。"吉姆船长自豪地说道。

第二十九章

吉鲁伯特医师

吉鲁伯特专心地看着医学书刊，现在是初春——一年中最繁荣的季节，连夕阳都显得朝气蓬勃。炉火照射，安妮在一旁缝制小衣服，与炉火构成一幅美丽的画面，赫温港开始热闹起来，安妮觉得世界再度充满了希望。

吉鲁伯特总以含情脉脉的眼神望着安妮，安妮到现在还很难相信全部东西都是自己的，也许这些只不过是魔法所变成的梦，当魔力消失后，所有的一切也就消失了。

"安妮，你听到我说话了吗？"吉鲁伯特说道。

安妮顿时从思绪中走出来。

"什么？我脸色不好？我问问苏珊。"

"我不是说你，也不是说我们，我是说迪克·姆亚的事。"

"迪克·姆亚？"安妮立刻坐正身子，"怎么了？"

"最近我一直在想迪克的事，还记得去年夏天我医治他颈部肿瘤的事吗？"

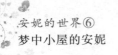

"记得啊！"

"当时我趁机检查了他的头部伤痕，从医学角度来看，我一直认为迪克是个很好的案例。最近我对圆锯手术的历史及方法下了一番工夫研究，安妮，如果迪克进入好医院，在头盖骨上进行圆锯手术，也许能恢复记忆与智能。"

"吉鲁伯特！"安妮的声音中充满责难的味道，"你不是认真的吧？"

"当然是认真的。而且，我觉得向雷丝莉提出这件事，是我的义务。"

"拜托，吉鲁伯特，千万别那么做！"安妮激动地叫道，"不可以这么做，不可以！那是一件很残酷的事，答应我，决不可以这么做。"

"安妮，没想到你不接受这种观念，你应该仔细想想……"

"不用想了！反正你不可以这么做，该想想的是你，吉鲁伯特，如果迪克恢复正常，雷丝莉会变成什么样？拜托你想想看好吗？雷丝莉现在已经够不幸了，但当迪克的看护人总比当他的妻子好上千倍吧！我了解——我了解，你不可以有那种想法，我不准你干涉这件事，你最好放弃。"

"安妮，这点我也仔细想过，但身为医生的我，认为使患者的身体、精神恢复正常，比任何事情都重要，即使只有一丝复原的希望，也应该努力。"

"如果从这点来看，迪克不是你的患者。"安妮试图换个角度来反对，"如果雷丝莉和你商量该怎么治疗迪克，也许你就有告知的义务。但她没问你，你一点干涉的权力也没有。"

"我不认为这是干涉啊！十二年前，德布伯父要雷丝莉不能放弃迪克，雷丝莉也明白啊！"

安妮大叫："可你不也知道德布伯父讨厌‘新流行的手术’，连盲肠手术也反对吗？"

"那是他固守陈腐。"

安妮改变策略："现在医学只是用人的血肉做实验。"

"如果某种实验能救人，我就该冒险。"

"你太草率了！"安妮不屑地说道。

"没想到你会这样。"吉鲁伯特说着起身往诊察室去。这是两人之间第一次吵架。

"吉鲁伯特，拜托，别这么生气地离开，坐下来慢慢谈，我向你道歉。我不是那个意思，你明明懂我的心，不是吗？"安妮恳求道。

"你应该懂得女人的心思啊！"安妮又说道。

"我从各种角度考虑过这件事，结论是有告诉雷丝莉的义务。如此，我的责任便算完成了，至于怎么决定，就看雷丝莉了。"

"你没有权力将这个责任加在雷丝莉身上，她背负的已经够多了，她那么贫困，如何张罗手术费？"

"这该由雷丝莉自己来决定。"吉鲁伯特坚持己见。

"你确定迪克会复原吗？"安妮逼问。

"谁都无法确定，也许他本身的障碍无法除去，但我相信，

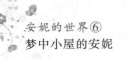

造成迪克记忆力及其他能力消失的，只是头骨的某个部分对脑中枢造成了压力。"

"那也只是可能性，不是吗？"安妮再度逼问，"假设雷丝莉答应接受手术，到处借款、变卖，结果手术失败了，迪克还是和原来一样，到时候，雷丝莉如何还债？如将农场卖掉的话，她带着那个大而没用的人该如何生活？"

"我了解——我了解，但我有义务告诉雷丝莉这件事。"

"我终于了解布莱恩家的顽固了。不过，请你先和德布伯父商量。"安妮无奈地说道。

"我会的。"吉鲁伯特也略为让步。

"伯父会有什么看法呢？"

"我想他也对手术存有偏见。"

"哦！"安妮有点得意，"吉鲁伯特，你应该尊重一位将近八十岁的老人的判断。伯父见多识广，也救过那么多生命，他的意见应该受到尊重。"

"好吧！"

"不要笑，这是很慎重的事！"

"这正是我想说的，这件事事关重大。它关系到一个男人的命运，是继续成为别人的负担，还是恢复智力和尊严。"

"以前迪克可没做过什么有用的事。"安妮说道。

"也许我们能给他机会，让他做些有用的事来弥补。这件事我知道，但他的妻子并不知道，所以我有义务告知她这种可能性，这就是我所下的决定。"

"拜托不要再说'决定'了好不好？吉鲁伯特，和其他人商量一下，也许你可以听听吉姆船长的意见！"

"好，但我可没答应你完全遵从吉姆船长的意见。安妮，这是必须由男人自己判断的事情，如果我沉默的话，就对不起自己的良心了。"

"你也可以问问可娜莉亚。"

"你搬出救兵可娜莉亚，不是陷我于穷途末路吗？可娜莉亚一定会怒斥道：'男人就是这样！'算了吧！这不是可娜莉亚能解决的问题，这个问题该由雷丝莉自己来决定。"

"你明知道雷丝莉会怎么决定，"安妮哭了起来，"她那个人那么有责任感，你把责任推在她肩上，她能不负责吗？"

"正义就是正义，不要害怕结果，往正义之路前进才对！"

"你还真会引经据典！"安妮不屑地说道，"这就是男人。"

安妮禁不住笑了起来，自己说这话的口气可真像可娜莉亚。

"我相信'你了解真相的话，真相便会使你成为自由之身'这句话，这是《圣经》中——还是哪一本文学名著中最伟大的话。真相就是真相，相信真相，说真话才是男人的第一义务。"

"很可惜，这时候真相不能使雷丝莉成为自由之身！"安妮叹息道，"也许，雷丝莉会感到比现在更紧的束缚。唉，吉鲁伯特，总而言之，我不认为你这样做是对的。"

第三十章

雷丝莉的抉择

　　恶性流行感冒突然在克雷村及入江的渔村爆发，接下来的两星期，吉鲁伯特一直忙碌不堪，连拜访吉姆船长的时间也没有。安妮一直担心，不知吉鲁伯特会不会对迪克的事死心。

　　"也许我应该将雷丝莉喜欢霍特的事告诉吉鲁伯特，如此一来，吉鲁伯特就会了解雷丝莉的心。只要吉鲁伯特不告诉雷丝莉，雷丝莉的自尊心便不会受伤害。该说吗？该说吗？不！我怎么能说出雷丝莉的秘密呢？我没有权力泄漏雷丝莉的秘密啊！唉！第一次遇到这么令人头痛的问题。"

　　有一天晚上，吉鲁伯特突然说想去吉姆船长那儿，安妮虽然不太愿意，但还是同意了。两人走在夕阳中，享受春的洗礼。两星期来，吉鲁伯特像只无法飞翔的小鸟，一直辛勤工作，难得今日偷闲出来走走。但是，安妮并不是悠游自在地散步，吉鲁伯特也一样，双方好像欠缺一致的意见——因为迪克的事。

　　吉姆船长高兴地迎接他俩。在夕阳无情的照射下，安妮才

发觉，吉姆船长真的是上了年纪，头发全白，老弱的手微微颤抖，但蓝眼睛却和年轻人的一样澄清沉稳，看起来炯炯有神。

当吉鲁伯特说明原委后，吉姆船长呆住了。安妮知道这位长者多么疼爱雷丝莉，希望吉姆船长能左右吉鲁伯特的心意。因此当吉姆船长缓慢而悲伤地说出，应该听听雷丝莉自己的意见时，安妮非常吃惊。

"吉姆船长，没想到您会这么说！"安妮的语气中充满责难的味道，"您难道不觉得雷丝莉已经够可怜了吗？"

吉姆船长摇摇头。

"夫人，我了解，我的心情和你的一样，但掌握我们人生舵桨的不是感情，罗盘针只有一个，我们根据针路而走——也就是往正确的方向走。我赞成布莱恩医师的建议，这该由雷丝莉自己决定。"

安妮死心了。

"好吧！等着可娜莉亚攻击你们这两个男人吧！"

"可娜莉亚一定会从四面八方打过来，"吉姆船长也如此认为，"夫人，你是受过高等教育的女人，而可娜莉亚是没受过教育的人，但对这件事你们有一致的看法。其实，道理是冷酷而无情的，不由得你不接受。来！喝杯茶，别那么激动。"

吉姆船长想借茶来缓和安妮的情绪。

"吉姆船长最近越来越虚弱了，腰也弯了不少。我怕他很快就要去追寻消失的玛格丽特了。"

"唉！没有了他的话，赫温港就会完全不一样了。"吉鲁伯

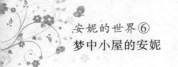

特叹气道。

隔天傍晚，吉鲁伯特去雷丝莉家，安妮一直在庭院等他回来。吉鲁伯特一进门，安妮便迫不及待地问："雷丝莉怎么说？"

"没说什么，我想她是吓了一跳。"

"她打算接受手术吗？"

"她说要考虑一下，但会尽快决定。"

吉鲁伯特倒在炉前的摇椅上，一副很疲倦的样子。告诉雷丝莉这个消息，对吉鲁伯特而言，并不是件容易的事。当想起雷丝莉听到这件事时，眼睛里流露出的一抹恐怖，吉鲁伯特心里也不舒服。

安妮望着流露出后悔神情的吉鲁伯特，说："吉鲁伯特，前一阵子我的态度也不对，请你原谅我，就当我是个小孩子吧！"

接下来的三天，安妮本能地不接近雷丝莉。第三天傍晚，雷丝莉来到梦中小屋，告诉吉鲁伯特，她决定让迪克到蒙特利医院动手术。

她的眼里没有使吉鲁伯特烦恼的神情，只剩下冷漠和坚毅。雷丝莉与吉鲁伯特商量细节，有很多事是必须事先计划、考虑的。

商量好必要事项后，雷丝莉起身告辞，安妮想送雷丝莉，却被她婉拒了："今天下雨，地面很湿，你不要送我了，早点休息吧。晚安。"

"如果手术成功了，迪克恢复正常……"

"也许雷丝莉会离开迪克。"吉鲁伯特说道。

"雷丝莉决不会这么做的！她是个有责任感、义务观念强的人，她常说，负责是做人的基本法则之一，她的观念很守旧。"

"安妮，你我不也都认为责任是神圣的吗？怎么可以说是守旧呢？逃避责任会造成不安与不满。"

"别说教了。"安妮嘲笑道，但心中觉得吉鲁伯特是对的。

一周后，可娜莉亚来访，恰巧吉鲁伯特值班，只剩安妮一人在家。

可娜莉亚还没脱下帽子就开始说话。

"安妮，你最好告诉我，我听错了——布莱恩医师告诉雷丝莉，迪克也许会好起来，所以雷丝莉打算送迪克到蒙特利医院动手术？"

"这是真的！"安妮勇敢地回答。

"这是多么无情、残酷的事啊！"可娜莉亚大叫，"我一直以为布莱恩医师是个体贴的人，没想到他会这么做。"

"吉鲁伯特认为有告诉雷丝莉的义务，而且，我也赞成。"安妮回答，表现出对吉鲁伯特的忠诚。

"安妮，只要有一点慈悲心的人就不会赞成！"

"吉姆船长也赞成了。"

"不要告诉我这些！"可娜莉亚有点疯狂地大叫，"我不想知道谁赞成这件事！你想想，雷丝莉多可怜，谁了解她有多可怜呢？"

"我们想过各种问题，但吉鲁伯特认为站在医生的立场，必须把患者的精神与身体健康放在首位。"

"没想到你是这种不顾朋友的人。"可娜莉亚怒目说道。

安妮受到可娜莉亚的攻击，仍勇敢地为丈夫辩解，经过长时间的唇枪舌剑后，可娜莉亚放弃了。

"这么做对雷丝莉太不公平了！"可娜莉亚哭着说道，"真是太可怜了，雷丝莉太可怜了！"

"也许我们应该稍微考虑一下迪克。"安妮恳求道。

"迪克？迪克·姆亚？那个人不是十分幸福吗？他现在也很规矩有礼了。"

"可娜莉亚，没有人知道迪克是怎么受伤的，也许是酒后打架受伤，也许是被强盗袭击。如果他能好起来，一切不都真相大白了吗？"

可娜莉亚知道一切都已成定局，便死心了。

"现在说什么都没用了，我该做的是打起精神安慰雷丝莉，给那可怜的孩子一点力量！"

第三十一章

解　放

　　一旦下了决心，雷丝莉就不再多想，既然接受了让迪克动手术的事实，就得着手进行各项琐碎的事。她首先将家里大扫除一番。雷丝莉每天异常冷淡、沉默，几乎没去找安妮，即使见面也总是一副很有礼貌的样子，而这种礼貌让雷丝莉与梦中小屋之间有了层冰一般的障碍，原来的谈笑不见了，亲切感也像壁障一样，安妮也觉得不舒服。

　　雷丝莉像是明知道自己选择的是受火刑之苦的道路，却仍然勇敢往前走的殉道者，没有哭泣，没有抱怨，只是义无反顾地前进……

　　安妮本来担心的费用问题，却轻易地解决了。吉姆船长借雷丝莉需要的金额，由于雷丝莉坚持，于是拿农场做抵押。

　　"这样做，雷丝莉会心安一点，"可娜莉亚对安妮说道，"如果迪克能复原，就能到农场工作赚钱；如果迪克还是和原来一样，也没关系，我知道吉姆船长会怎么做。他曾经说过：'我年

纪大了，又没有小孩，雷丝莉不接受生者的赠礼，总不能拒绝死者的赠礼吧！'所以拿农场当抵押也好。"

五月初，雷丝莉带迪克到蒙特利，吉鲁伯特也同行。回来后，吉鲁伯特表示，蒙特利外科医师也同意他的看法，表示迪克恢复的希望很大。

"那倒是很大的安慰啊！"可娜莉亚讽刺地说道。

安妮只是叹息。

分别后，雷丝莉如约来信，信是在吉鲁伯特回来后十天收到的。雷丝莉表示，手术成功，迪克复原了。

"成功是指怎么样？迪克恢复记忆了吗？"安妮问道。

"所谓成功是站在外科医生的立场来看，指手术进行正常、顺利的意思，但现在还不知道迪克的智能是全部还是部分恢复，即使恢复，过程也是渐进的。只写了这些吗？"

"嗯！信在这里，很简短。可怜的雷丝莉，吉鲁伯特，我有很多话想告诉你，但又不能说。"

"可娜莉亚都告诉我了，"吉鲁伯特苦笑，"可娜莉亚说我和杀人犯一样，比美以美教的医生还糟糕。"

"可娜莉亚生病的时候不会找美以美教的医生吧！"安妮有点不屑。

五月末的一天，吉鲁伯特回家后在马舍碰到苏珊。

"先生，太太好像受了什么刺激，下午接到信后，就一直在庭院里走来走去的，喃喃自语，不知说些什么，我不知道该怎么办！"

　　吉鲁伯特担心得急忙往庭院走，难道是绿色屋顶之家发生了什么事吗？但坐在溪边圆木椅上的安妮，一点担心的神色也没有，反而显得相当兴奋，眼神无比清澈，脸颊上还泛起红晕。

　　"发生什么事了，安妮？"吉鲁伯特问。

　　安妮奇妙地笑了起来。

　　"吉鲁伯特，告诉你，你一定不相信，连我也不相信呢！我把这封信反复看了十几遍，还不敢相信自己的眼睛，吉鲁伯特，你对了！真的，你对了！我现在才知道你是对的！"

　　"到底怎么了？"

　　"你一定不相信——你一定不相信！"

　　"我去打个电话给德布医师。"说着，吉鲁伯特要进屋去。

　　"拜托坐下来，吉鲁伯特，我有话跟你说。这封信，吉鲁伯特，这封信一定会令你吃惊，你一定做梦也想不到！"

　　吉鲁伯特坐了下来。

　　"这封信是谁写来的？"

　　"雷丝莉！"

　　"雷丝莉？迪克怎么了？"

　　一瞬间，安妮抽出信。

　　"没有迪克这个人，迪克不见了，我们一直认为的迪克——十三年来，赫温人一直认为的迪克，原来是迪克的堂哥——诺布斯的乔治·姆亚。这个人本来就和迪克长得非常相像，迪克十三年前，已经在古巴得黄热病去世了。"

第三十二章

可娜莉亚的意见

"安妮，这么说，迪克·姆亚不是迪克·姆亚，而是其他人，这就是你打电话给我的原因？"

"是啊！你不觉得很惊讶吗？"

"我相信，但不太了解。迪克·姆亚已经死了好几年了，这么说来，雷丝莉是自由之身啊！"

"是啊！"

"安妮，我的头脑还很混乱，我从来没这么混乱过。"

"雷丝莉的信很简短，也没详细说明，只说乔治恢复了记忆，他说迪克在古巴得了黄热病死了，于是他决定赶回来将这个消息告诉雷丝莉。"

"那为什么没回来呢？"

"一定是遇难了啊！吉鲁伯特说乔治·姆亚一定不太记得自己遇上了什么灾难，也许是迪克死后立刻发生的，信上也没说清楚。"

"雷丝莉什么时候回来？"

"要等乔治出院后。乔治最亲近的人只有已经出嫁的姐姐，乔治出海后，他姐姐还活着，后来不知道怎么样了。她会去看乔治吗？"

"会的。乔治和迪克的父亲是兄弟，两人真是像极了，简直就像双胞胎，我想连他们最亲近的人也分不清楚。乔治曾经在这里住过一个月，那时雷丝莉才八九岁，没想到，雷丝莉竟会为了照顾他这么个没关系的男人，牺牲了十三年的时间，唉！男人真可恶！"

"吉鲁伯特和吉姆船长也是男人，但他们是使得真相大白的人啊！"安妮说道。

"这点我承认！"可娜莉亚让步道，"安妮，本来我一直祈祷，不要让迪克复原。当然，神明也一定知道我全是为了雷丝莉，所以让乔治恢复记忆，让雷丝莉恢复自由之身。"

"其实我也曾祈祷手术失败，想来还真是不好意思。"

"雷丝莉不知道怎么样了？"

"她好像很茫然，她在信上写道：'安妮，对我来说，这就像是一场不可思议的梦。'对于自己的事，她只提到这一句。"

"可怜的雷丝莉，当解下锁链的时候，肯定一下子不知该如何适应。"

"我们得帮助她。"

"安妮，我有个念头，不知霍特怎么样了。我们两个人都知道雷丝莉喜欢他，难道你不认为他也喜欢雷丝莉吗？"

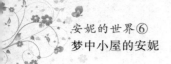
"是啊！"安妮不知这么说对不对。

"我想一定是这样的。安妮，你不妨写封信给他，告诉他这件事。"

"当然，我一定会告诉他这件事的。"

其实，自从知道雷丝莉恢复自由之身后，安妮就一直有这个念头。

"为了迪克，雷丝莉牺牲了十三年。没想到，迪克十三年前就死了，可怜的雷丝莉！"

"雷丝莉还年轻，可以重新开始新的生活，所有灾难都已经过去了。"

第三十三章

雷丝莉归来

两周后，雷丝莉·姆亚一个人回到家中。在六月的薄暮中，雷丝莉穿过原野造访安妮家。

安妮吓了一跳。

"雷丝莉，你从哪里冒出来的？我一点也没察觉到你回来了，怎么不写封信，好让我们去接你啊？"

"安妮，笔墨都是多余的，我是一个人悄悄回来的。"

安妮紧紧地拥抱了雷丝莉。雷丝莉显得很疲惫，在淡淡的银色薄暮中，坐在水仙花旁的草坪上，轻轻吐了一口气。

"乔治·姆亚的姐姐来蒙特利将乔治带回去了。可怜的乔治，和我分别好像很伤心——刚恢复记忆时，我对他而言，根本只是个陌生人。迪克的死亡对他而言，好像昨天的事，所以他显得很痛苦。"

"雷丝莉，这真是一件不可思议的事，我们都还十分茫然。"

"我也是。一小时前回到家中，我还在想，这一定是场梦，

这么长的一段时间，家中一直有迪克小孩子般的笑容。现在，我突然不能适应，有喜也有悲，好像整个生活突然破了一个洞，自己不是自己——我好像变成别人了，有种不习惯的感觉。

"我不知所措，能看到你真高兴，你就像浮在我心中的锚一样。哦！安妮，我不知该如何回到我的家，不知该如何面对那间房子。"

"那么，迪克——不，乔治，完全恢复记忆了吗？"

"差不多。当然，有些细节他还想不起来，但渐渐会完全想起来的。那天，他将迪克埋葬后，傍晚带着迪克的钱和手表出去散步，打算将迪克的遗物带回来给我。他到搭船处，然后喝酒——其他事就想不起来了。安妮，乔治想起自己名字时的那瞬间的表情，我永远也忘不了。

当我问他：'迪克，你认得我吗？'他说：'我没见过你啊，你是谁？而且我的名字也不叫迪克，我是乔治·姆亚，迪克昨天因黄热病死了！我在哪里？我怎么了？'当时我差一点断气，真的好像一场梦。"

"你马上会习惯新的生活。而且，你还年轻，还有美丽的未来。"

"也许过一阵子我也会这么想，现在我只觉得好累，没力气想将来的事。安妮，我……我……好寂寞，没有了迪克，我好寂寞，真不可思议，难道我真的喜欢迪克——不，喜欢乔治，我真的把他当成了自己的孩子吗？真不好意思，你也知道，以前我一直很讨厌迪克的。当吉姆船长带他回来时，我本来是以

和从前一样的心情对待他，后来就只觉得他很可怜，是个可怜的孩子。现在想起来，那是完全不同的两个人，卡罗就了解，安妮，我现在才知道，卡罗了解。

"以前我总觉得卡罗不认识迪克，真是奇怪得很。现在才知道，狗是非常忠实的动物，卡罗知道，回来的不是自己的主人，但我们没一个人知道。我没见过乔治，现在才想起来，迪克曾经告诉我，诺布斯有位长得和他一模一样的堂兄弟，不经意的一句话，原来会造成这么大的错误，也怪我自己太大意了。

"安妮，我忘不了四月的那个夜晚，当吉鲁伯特告诉我迪克有希望治愈时，我觉得这消息好像要将我从囚牢中带出来。吉鲁伯特亲切地向我说明费用、手术的成功率、危险性等，我不知该如何下决定，一整个晚上，我就跟个疯子似的在屋子里打转——天亮时，我决定维持现状。如果当时决定如此，我当然会受到邪恶的惩罚……

"那天下午，我到克雷村购物，迪克睡得很熟。当我回家时，迪克用可爱的笑容迎接我，结果，安妮，我动心了，我好像在压抑一个孩子的成长，我怎么能不给迪克成长的机会呢？所以，我决定让迪克动手术……"

"雷丝莉，我了解，现在一切都结束了——你的锁链解除了！"

"没有锁链了！"雷丝莉眺望远方。

"雷丝莉，你太疲倦、太累了，你需要休息。"

"但——好像也没别的什么东西了，安妮，我是不是很愚蠢？"

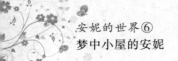

　　雷丝莉将美丽的金发埋在安妮的膝盖上。

　　"不过至少我还有你，有你这位朋友，人生就不空虚了。安妮，拍拍我的头——就像母亲抚摸小孩的头一样，我真的累了……"

第三十四章

梦之船抵达港口

有一天早上，当金色阳光照在波光粼粼的水面上时，一只疲惫的鹳从星际飞到赫温港的沙洲上，羽翼下夹着一位睡着了的小婴儿。鹳疲倦了，环顾四周，虽然知道目的地已近，却还没找到。红砂岩崖上的白色灯塔是最佳目标，但有常识的鹳不会将婴儿放在那里，飞着飞着，鹳鸟发现目的地了，在大枞树中，厨房烟囱炊烟袅袅的小白屋——这儿是可以让婴儿安居的家，鹳满意地吐了一口气，悄悄地飞到梁下。

三十分钟后，吉鲁伯特跑到客厅敲客房的门，只听见睡眠的呼吸声，于是立刻绕到门后，把正在打呼的玛莉娜惊醒。

"玛莉娜，今晚安妮为我们送来一位小绅士，虽然他没带行李，可是他打算长久住下来。"

"吉鲁伯特，你怎么现在才叫我？"

"安妮说不要让你担心，现在'危险道路'已经不存在了。"

"那么，这次婴儿会活下来吗？"

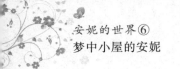

"当然，有十磅重哟！而且，你去听听他的哭声，他的肺活量大着呢！护士告诉安妮，孩子是红头发，安妮很生气，不过我可开心了！"

梦中小屋，呈现一片欢愉氛围。

"最快乐的梦实现了。啊！玛莉娜，真不敢相信我能度过去年夏天那可怕的日子，那段日子真令我心痛——现在完全好了。"

"这孩子是乔丝变的。"玛莉娜说。

"不，不，玛莉娜，我这个小可爱是个男孩子哟！乔丝要是在的话，现在都一岁多了，会蹒跚走路，会咿呀学说话了。玛莉娜，我看见那孩子一天天长大，神在照顾她，"安妮的心中充满幸福，"玛莉娜，你看他的脚趾，整整齐齐，真不可思议。"

"不整齐才不可思议呢！"玛莉娜回答。

"是啊！我知道，可是，好像还没完全长好，还有这个手，玛莉娜！"

"是手没错啊！"玛莉娜说道。

"玛莉娜，他的头发是红色的！"

"管他什么颜色，别担心这种事情！"

"护士说婴儿的额头很像吉鲁伯特。"

"而且他的耳朵很漂亮，夫人！"苏珊说道。

安妮复原得很快，吉姆船长、雷丝莉、可娜莉亚的谈笑声也不时充满了"梦中小屋"。

"叫什么名字？"可娜莉亚问道。

"由安妮决定。"吉鲁伯特回答。

"吉姆·马修——我所认识的两位最了不起的绅士的名字。"安妮看见吉鲁伯特笑了笑。

"我不太了解马修，他很内向，但吉姆船长倒是位了不起的人。我们为小孩取这个名字，吉姆船长一定也很开心。"

"嗯！好名字。克雷村的史坦雷家生下第一个小孩时，大家争相为小孩取名字，结果小孩的名字始终没决定，过了两年无名生活，等弟弟生下来后，才用'大宝'、'二宝'称呼。你知道马克那家人吗？有十二个男孩，最大的和最小的都叫尼尔——所以就称为大尼尔、小尼尔。名字这玩意儿还真有趣。"

安妮笑了起来。

"我一直到八岁都没兄弟姐妹，一直祈祷母亲生个兄弟或姐妹给我。有一天，娜莉叔母告诉我：'可娜莉亚，你母亲房里有个小弟弟，我带你去看。'我兴奋地奔上二楼，法兰克伯母让我看婴儿，但我当场生起气来，因为我祈祷是要比我长两岁的哥哥。"

"你到什么时候才克服你的失望呢？"安妮笑着问道。

"我那时倒是有很长一段时间怨恨上帝，有好几个礼拜不去看婴儿，没有人知道理由，我也没向任何人提起。后来，婴儿渐渐长大，越来越可爱，而且经常对我伸出小手，我才开始疼爱他。但真正喜欢他是有一天，我学校里的朋友来看婴儿，说他太小了的时候，我怒而攻击他们，说我家的婴儿是世界第一的婴儿，才不是小婴儿。从此以后，我便非常疼爱我的弟弟。我母亲在弟弟未满两岁时就去世了，于是我负起母亲与姐姐的

双重责任。可怜那孩子身体一直很虚弱，还没二十岁就去世了。安妮，当初为了那孩子，我什么苦都能吃啊！"可娜莉亚叹气说道。

吉鲁伯特出去了，雷丝莉低声哼着歌哄睡小吉姆后，也不知到哪儿去了。

"安妮，昨天霍特来信了，他现在住在温哥华，问我他是不是能来我家住一个月，这是什么意思你了解吧！我们不会是做错事了吧？"

"和我们没关系啊！他既然说想来赫温，就让他来啊！"安妮直截了当地说道，"我是说，在那个人来之前，不要告诉雷丝莉这件事，否则雷丝莉一定会离开这儿。她曾告诉我，到了秋天，想去蒙特利当护士。"

"原来如此！"可娜莉亚点点头。

第三十五章

港口的政治

安妮可以下楼了。这会儿普林斯·爱德华王子岛和加拿大一样，处于大选前的选举拉锯战中，保守党的吉鲁伯特，不知不觉地卷入了这个漩涡中，在各个州大会中演说。可娜莉亚对此颇不以为然。

"德布医生从来不参与这种事，布莱恩医生也会后悔的，正常人不该与政治扯上关系。"可娜莉亚对安妮说道。

"那么，一个国家的政府就任由坏人乱搞？"安妮反问。

"男人或政治家都是一丘之貉，只不过自由党比保守党更恬不知耻。但不论自由党或保守党，我都对布莱恩医生提出忠告，希望他不要介入政治，否则到头来会得不偿失。"可娜莉亚不服输地说道。

"可娜莉亚，你看吉姆，是以 G 为字母的 Gem（宝石），这不是最佳象征吗？我们可以将他培育成一位了不起的保守党派员。"

"成为了不起的男人很好，我也不希望见到这个孩子成为自由党人。我们应该感谢我们不住在对岸，每到选举，艾利奥特家、克罗霍特家、马克阿里斯家的人，每位都陷入战斗状态。也许托我们这里男人较少之福，还算平静。吉姆船长是自由党人，可是他好像觉得很羞耻，绝口不提政治，毋庸置疑，保守党还是占优势的。"

可娜莉亚错了。

选举结束的隔天早上，吉姆船长来告知消息，温和的老人眼里闪现出往年的热情。

"夫人，自由党获胜了！十八年来被保守党虐待的国家，终于重见天日了。"

"政党真是残酷。"安妮听到这消息并不特别兴奋。

"必须经过长期经营啊！"吉姆船长露出微笑。

"我和我先生都是保守党员。"

"唉！这是你们唯一的美中不足之处。可娜莉亚也是保守党员，在从克雷村回来的途中，我告诉了她这个消息。"

"您难道不知道，这是必须冒生命危险的事？"

"我当然知道。"

"可娜莉亚的反应怎么样？"

"格外平静。夫人，你知道她怎么说吗？'神和人一样，国家也有受屈辱的时候，你们自由党被压抑了那么久，总得让你们透透气吧！可是你们掌握政权的时间不会太长的。'我就对她说：'那么，你是认为神的意思，是要让加拿大受辱一段时间？'苏珊，你听到消息了吗？自由党获胜了。"

刚好从厨房出来的苏珊只顾着美味菜肴。

"真的吗？"苏珊漫不经心地说道，"管他是不是自由党获胜，我还是必须烤面包。夫人，如果有哪个政党能使天下雨，救活我们的菜园，我就投他一票。"

一周后，安妮第一次放下吉姆，独自到吉姆船长那儿看有没有鱼。

"如果发生意外怎么办？如果吉姆哭了该怎么办？如果苏珊应付不了该怎么办？"安妮心中一连串的问号与担心。

苏珊从容不迫地说："夫人，你就别担心了。我照顾小孩子的经验肯定比你丰富。"

"可是我小时候曾照顾过三对双胞胎呢！现在想想，真了不起！如果吉姆哭了，就在他胃上放个热水袋。注意不要太烫，"安妮很担心，"真的没问题吗？"

"夫人，放心，我不会让他受委屈的。"

安妮终于踏出家门，散步到灯塔。

吉姆船长不在灯塔里，只有一位安妮不认识的中年人在。安妮进屋坐了下来，男子像旧识般与她聊天。虽然男子很亲切，但安妮面对陌生人，总觉得不大舒服，总是用冷淡的态度回答。

吉姆船长回来后，安妮问道："吉姆船长，刚才出去的是谁啊？"

"马歇尔·艾利奥特。"吉姆船长回答。

"马歇尔·艾利奥特？"安妮大叫起来，"天哪！吉姆船长，他是马歇尔·艾利奥特？的确是他的声音——我竟然没认出他来——刚才对他那么失礼，他怎么没告诉我呢？我还以为他是陌生人呢！"

"哈哈！马歇尔·艾利奥特把胡须剃了，头发也剪掉了，因为他的政党获得政权了啊！开始我也认不出是他，投票日隔天晚上，他一直在克雷村的卡达·弗拉克店里等消息。十二点左右，电话来了，说自由党获胜了，马歇尔立刻站起来，走到外面——没有喝彩也没有欢呼，随即走进理发店理了发。"

吉姆船长那儿没有鱼。这个夏天，吉姆船长很少出海，也很少远行，大多数时间都坐在窗户边眺望着海，今夜也一样无言地坐着，好像在回忆什么……

"很美吧！夫人，的确很美，我看过无数从海湾升起的朝阳，但不知还能看多久。人不能选择死亡的时间，可是，夫人，我知道，玛加莉特在另一方等我，我快遇见她了。"

自从告诉安妮那个古老的故事以来，吉姆船长就常常在谈话中提到玛加莉特，吉姆船长永远也忘不了对玛加莉特的爱。

"如果我的时间到了，我希望快点离开。我不是胆小鬼，一生一次的死亡没什么好害怕的，长生不老反而令人恐怖。"

"吉姆船长，您对我们而言非常重要，失去了您，我们真不知该怎么办。"安妮握着吉姆船长的手说道。

吉姆船长露出慈祥的笑容。

"啊！你们还年轻——一定会过得很好。当你们想起我的时候，请不要忘了呼唤玛加莉特，我随时准备回答，只有一件事想拜托你，就是这只可爱的老猫咪美蒂。"

　　吉姆船长伸手抚摸在一旁趴着的美蒂。

　　"想到如果我先它而去，它一定会饿死，我心里就难过得不得了。万一我真的离去了，夫人，请你给它食物好吗？"

　　"那还用说吗？"

　　"你这么说，我就放心了。"

第三十六章

苏醒的爱情

"安妮，绿色屋顶之家有什么消息吗？"

"没什么，耶可夫·多尼尔现在成了一位杰出的木匠，你还记得那孩子的母亲想让儿子成为大学教授的事吗？他母亲来学校，叫我一定要称那孩子为圣·考利亚，那情景我永远忘不了。"

"现在还有人这么称呼他吗？"

"好像没有了，那孩子总是照着自己的意思去做，连他母亲也没办法。黛安娜在信上说，有人在追求多拉，想想看——那孩子！"

"多拉也十七岁了吧？你十七岁的时候，我和查理·史龙不是也很迷恋你吗？你忘了？"

"吉鲁伯特，我们一定也上了年纪了，"安妮微笑着说道，"多拉大概年纪轻轻就会结婚吧！她和乔洛达四世属于同类型，决不会让机会溜走，否则，如果机会不再来就糟糕了。"

"如果那孩子和拉尔夫结婚，拉尔夫最好比他哥哥上进些。"

安妮心想。

吉鲁伯特笑着说："安妮，如果当年比利亲自向你求婚，而不是请琴恩代替，你会和比利结婚吗？"

"也许会！"安妮想起当初的求婚情形笑了起来，"谁叫他请琴恩来替他求婚呢？"

"昨天乔治·姆亚来信了。"在一旁看书的雷丝莉说道。

"乔治好吗？"安妮问道。

"他身体很健康，只不过要适应原来的家庭有些困难。他春天想再度出航，他们的血液中都流着海的血统，总是爱恋着海。

"乔治在乘'四姐妹号'出航前，曾和一位女孩有婚约。他在蒙特利时都没提起过那名女孩，因为他想她应该已经和别人结婚了，但对乔治而言，婚约与爱情仍在，因此非常伤心。然而回到故乡才发现，那女孩仍在等着他，至今未嫁。两人打算在秋天结婚，乔治想带那女孩来此一游，看看这第二故乡。"

"真是精彩的罗曼史啊！"安妮对罗曼蒂克的爱情，总是十分感动。

之后，安妮用自责的语气说道："想来如果当初依我的意思，乔治就无法复原了。我应该受到处罚，以后，凡事我都不再坚持己见了。"

吉鲁伯特也用开玩笑的语气说道："至少以后对我的意见不应该那么强烈反对，应该留一点商量的余地嘛！"

安妮和雷丝莉都笑了，安妮的笑声如银铃般，雷丝莉笑声如金子般，两人的合声就像完美的和弦。

突然，苏珊叹着气进屋。

"怎么了？"吉鲁伯特问道。

"是不是吉姆出了什么事？"安妮跳了起来。

"不，不，冷静一点，夫人，的确有事，但不是吉姆的事，而是我自己的。我这星期做事好像都不顺利，夫人也知道的，面包烤焦了，先生最好的衬衫被我烫破了，而现在，我姐姐玛琪脚又受伤了，请我去帮忙。"

"啊！真可怜！"安妮说道。

"人生真是受苦之行啊！不知道夫人是不是可以让我请两三个星期的假？"

"当然可以！只是你不在的这段时间，不知该请谁帮忙。"

"如果不方便的话，我就不去。我想玛琪的脚应该没什么大碍的，还是吉姆比较需要照顾。"

"不，苏珊，你一定得立刻去看你姐姐，我可以从入江请一位姑娘暂时来帮忙。"

"安妮，苏珊不在的时候，我可以过来帮你啊，"雷丝莉大声叫道，"就这么办吧！我也很想来帮你呢！而且我一个人住在那间房子里好寂寞，每到夜晚就觉得恐怖，两天前还有流浪汉来呢！"

安妮很高兴地答应了。隔天，雷丝莉便成为"梦中小屋"的一员，这个决定也令可娜莉亚由衷地高兴。

"这真是神的恩泽！"可娜莉亚神秘地对安妮说道，"玛琪的脚扭伤了的确很可怜，但如果她的脚没受伤，就不会有这么好的机会了。当霍特到赫温时，如果雷丝莉在这里，就不会让那些三姑六婆说闲话了。你想，如果雷丝莉一个人住在家里，霍特去她家看她，就会让人家说，她连丧服都没穿，就让男人到她家去，唉！蜚短流长比什么都毒，如果霍特向雷丝莉求婚时，雷丝莉住在你家，那就真是太完美了。"

霍特来到"梦中小屋"是在八月的一个傍晚，当时雷丝莉和安妮正一心照顾吉姆，没有察觉到霍特的到来。雷丝莉将婴儿放在膝盖上，用手轻轻抚摸婴儿在空中挥舞的小手。站在门口的霍特不忍打破这温馨的场景。

"啊！可爱的宝贝！漂亮的宝贝！"雷丝莉喃喃细语，亲吻着吉姆的小手。

安妮在一旁低声歌唱。

最先注意到霍特的是雷丝莉，即使在昏暗中，安妮也看得出雷丝莉脸色顿时变得煞白，嘴唇和双颊涨满血色。

霍特一瞬间忽略了一旁的安妮，一个箭步冲到雷丝莉面前。

"雷丝莉！"

他双手握住雷丝莉的双肘，这是霍特第一次叫雷丝莉的名字，但雷丝莉放在霍特手上的是一双冰冷的手……

安妮、吉鲁伯特、雷丝莉和霍特在谈笑中度过了一个美丽的夜晚，霍特还没离去前，雷丝莉就借故上楼去了，霍特的精神随之萎靡，不久也起身告辞。

吉鲁伯特盯着安妮。

"安妮，到底怎么回事？好像发生了一些我不懂的事，今夜的空气好像触电一样噼里啪啦的，雷丝莉像是悲剧中的女神，

而霍特表面上有说有笑，可是眼睛一直盯着雷丝莉，你则显得很兴奋的样子……安妮！快点招供，不可以骗我！"

"吉鲁伯特，你不要胡说了！"安妮内心窃笑着回答，"我上去看看雷丝莉。"安妮上楼，看见雷丝莉坐在她房间的窗户边，双手交叉在胸前——呈现悲叹的美姿。

"安妮，你早就知道霍特要来赫温是吗？"雷丝莉低声责备似的说道。

"嗯！"安妮在想着该如何回答。

"安妮，你应该早点告诉我，这样我就能离开这儿，不会碰见他。你应该告诉我的——你太不应该了，安妮，太不应该了！"雷丝莉愤慨地叫道，嘴唇颤抖，全身紧张起来，但安妮只是微微一笑，俯身吻了吻雷丝莉的额头。

"雷丝莉，你真傻，霍特特地从太平洋赶到大西洋来，自然不是来看我的，也不是专程来感激可娜莉亚的热情的。我的雷丝莉，收起你的愁云惨雾，将它们束之高阁吧，因为已经没有悲剧了。我不是预言家，但我可以试着预言，你的痛苦结束了，从今以后，你会是个幸福的女人——充满喜悦与希望，金星影子的预言已在你身上实现。雷丝莉，当你见到金星那年，你将收到这一生中的最佳赠品——霍特对你的爱！来，快上床睡觉吧！"

雷丝莉听从安妮的话上床，但她能不能好好睡觉，倒值得怀疑了。雷丝莉过去的岁月走得太艰辛，她不知道未来是不是真的充满希望。隔天，当霍特来邀雷丝莉一起到海边散步时，雷丝莉便无法抗拒地答应了。

第三十七章

意外的消息

　　一个令人昏昏欲睡的午后，可娜莉亚来到"梦中小屋"，八月的海呈现淡蓝色，可娜莉亚不是来缝衣物，也不是来说男人的坏话的。她显得比平常快活，似乎有什么高兴的事。

　　"雷丝莉去哪里了？"可娜莉亚问道。

　　"和霍特去农场采草莓了，晚饭时才会回来。"安妮回答。

　　"我对真相一点都不了解，一定是你们从中穿针引线的吧？安妮不告诉我，可娜莉亚，你愿意告诉我吗？"吉鲁伯特问。

　　"不！"可娜莉亚干脆地说道，"我想告诉你们另外一件事，今天我就是特地来告诉你们这件事的。我要结婚了！"

　　安妮与吉鲁伯特听后顿时相对无言。

　　当然谁也不敢相信这件事，两人目瞪口呆地在等可娜莉亚解释。

　　"你们很吃惊的样子，你们觉得我结婚是太年轻呢，还是太没经验呢？"

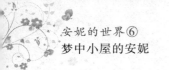

"可是——的确很令人吃惊啊！"吉鲁伯特努力恢复镇定。

"我不知听你说过多少次，即使是世上最了不起的男人，你也不和他结婚。"

"我是不会和世界上最了不起的男人结婚，马歇尔·艾利奥特离最了不起的男人可还很远呢！"

"你要和马歇尔·艾利奥特结婚？"第二个消息使刚恢复说话能力的安妮又大叫起来。

"是啊！"

"我们真的很高兴——祝福你们！"安妮兴奋得不知道该说些什么。

"谢谢！我知道你们一定会祝福我的，你们是最先知道这个消息的人。"

"可是，失去你是一件悲伤的事！"安妮感伤地说道。

"什么？哪有失去我呢？"可娜莉亚一点感伤的样子也没有，"你大概以为我会和马克阿里斯家、艾利奥特家、克罗霍特家的人一起住在对岸吧！'艾利奥特家自大、马克阿里斯家傲慢、克罗霍特家虚荣'，我可受不了，马歇尔将住到我家来。我已经受不了雇工了，今年夏天雇用的黑斯奇是其中最笨的，有那种人在，我不结婚真是不行，怎么说呢，他昨天将搅乳器弄反了，搞得院子里满是牛奶，却毫不在乎，只是呆呆地笑，说什么让土地喝些牛奶也很好啊！我只好告诉他，院子的肥料不是牛奶。"

"我也祝福你，可娜莉亚！"受到安妮眼神的恳求，吉鲁伯特也说出祝福的话，但仍不忘调侃可娜莉亚一番，"你的独立自主时代终于结束了，大家都知道，马歇尔是个意志极强的人。"

"我喜欢凡事有主见的人，很久以前，想向我求婚的阿谟斯·克兰特就不是这种人，我没见过那么善变的人，如果他打算跳水，在跳下的当儿都能立刻改变主意，马歇尔就不同，即使会溺死也会跳下去。"

"那个人好像脾气不太好，不是吗？"

"他如果没有脾气就不是艾利奥特家的人了，不过这也不错，生起气来一定挺有趣的。"

"他不是自由党吗？"

"是啊，"可娜莉亚悲伤地承认，"但至少他是长老教会派的！"

"如果他是美以美教派，你还会嫁给他吗？"

"不会！政治只是今世的问题，但宗教则关乎今世与来世两方面。"

"可娜莉亚，你以前说你决不会变成'寡妇'，如今看来，你也有可能会成为一个'小寡妇'哦！"

"不会，因为马歇尔会活得比我久，艾利奥特家有长寿的体质，布莱安家则没有！"

"什么时候结婚？"安妮问道。

"一个月后。我必须准备礼服及一些琐事。对了，安妮，我想问你，橘色的新娘礼服好看吗？一般人都穿白纱，我想听听你的意见。"

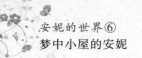
"我也认为婚纱应该是白色的，可是，那只不过是习俗，只要你喜欢，什么颜色都可以。"

但逛过礼服店后，可娜莉亚失望了。

"礼服店没有，我只好放弃了。"

"可娜莉亚，我母亲嫁给我父亲时，我外婆曾教过我母亲驭夫术哟。"

"我有信心可以操纵马歇尔，不过，还是想听听你的意见。"

"首先，要掌握他！"吉鲁伯特如专家般地说道。

"掌握住后呢？"

"第二，抓住他的胃！"

"我很会做派，接下来呢？"

"第三和第四是——睁只眼、闭只眼！"

"什么嘛！"可娜莉亚不屑地说道。

第三十八章

红蔷薇

八月，"梦中小屋"的庭院里开满了蔷薇。有一天傍晚，当霍特来访时，只有雷丝莉一人在家，安妮和吉鲁伯特出去了，应该在今晚回来的苏珊则还没回来。

北方的天空呈现琥珀色与淡绿色，雷丝莉在白色衣服外穿了一件红外套，两人无言地在小径上散步。霍特不久后就得离开，因为假期快结束了，雷丝莉感到自己的心在狂跳不已。

"有时候到了傍晚，这个庭院总是飘荡着一股不可思议、如幻影般的香味！"霍特终于打破沉默，"我不知道是什么花的香味，但真的很香。我喜欢把它想象成雪尔温祖母的灵魂造访这个她最喜欢的旧居，这座小屋子一定同住着很多幽灵。"

"我在这个家住不到一个月，但感觉上就像生下来就住在这里一样。"

"因为这个家充满了爱，而且，这个庭院也有三十多年的历史——这些花中蕴含无数希望与喜悦，其中有学校老师新娘种

的花，而这位新娘去世已经有三十年了，但花仍在每个夏季盛
开。雷丝莉，你看那红蔷薇——好像花中之王。"

"我最喜欢红蔷薇，安妮最喜欢粉红蔷薇，吉鲁伯特最喜
欢白蔷薇，但我总觉得红蔷薇充满了热情与希望，令我爱不
释手！"

"这些蔷薇开晚了。"霍特一面摘下半开的蔷薇，一面说道，
"蔷薇是爱之花——世人已经赞叹蔷薇好几个世纪了，粉红色蔷
薇代表希望与期待，白色蔷薇表示逝去的爱，红色蔷薇呢？雷
丝莉，你说红色蔷薇代表什么呢？"

"胜利之爱。"雷丝莉低声说道。

"是的——得到胜利、完全的爱。雷丝莉，你懂，你了解，
我从一开始就爱着你，我也了解你深爱着我——不需要问你。
但是雷丝莉，我想听你亲口告诉我，雷丝莉——雷丝莉——"

雷丝莉说不出话来，只是低着头，两人相拥而吻。对他俩
而言，这是生命中无与伦比的瞬间，彼此交织着长年累月的悲
喜，在这个旧庭院中，霍特将红蔷薇插在雷丝莉的头发上，代
表胜利的爱情。

不久，安妮、吉鲁伯特和吉姆船长一起回来，大家在火炉
旁围坐了一小时。

"看着燃烧的漂流木，好像看到自己的年轻时代。"吉姆船
长说道。

"吉姆船长，从火中可以看到未来吗？"霍特问道。

吉姆船长充满关爱的眼神——观望每个人，再回到雷丝莉

充满朝气的脸庞上。

"看你们的未来不需要火，我可以看见你们幸福的未来——雷丝莉和霍特，布莱恩医生和夫人、吉姆，以及尚未出世的孩子们。但是，幸福是由辛苦、担心、悲伤糅合成的，谁也不能抛弃这些阶段。你们彼此相爱、信赖，就能掌握幸福，只要有这两个罗盘，什么风暴都无法破坏你们的感情。"

老人站起来，一手放在雷丝莉头上，一手放在安妮头上。

"二位都是了不起的妇女，真诚、忠实，你们的丈夫会以你们为荣的。"

场面顿时庄严了起来，安妮和雷丝莉都像接受祝福者般低下头，吉鲁伯特望着安妮，霍特好像已经看见美丽的未来般沉醉于其中，霎时一片宁静……

"我该告辞了！"吉姆船长打破沉默，戴上帽子，好像很留恋地环视屋子一周。

"各位，晚安！"说着，吉姆船长便走出门。

道别突然使安妮产生一种心痛的感觉，她立刻追出门。

"吉姆船长，有空再来！"

"好！好！"吉姆船长用爽朗的声音回答。

但是，这是吉姆船长最后一次坐在"梦中小屋"的炉边。

安妮脚步沉重地回到原位。

"一想到吉姆船长要一个人走回那冷清的灯塔，就觉得他好可怜，而且那里也没有等他回去的人。"安妮说道。

"吉姆船长是我们的好朋友，一定也是他自己的好朋友。好

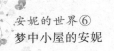

了，我也该走了！”霍特说。

安妮和吉鲁伯特随后也回房去，但过了一会儿，安妮又走到客厅，看见雷丝莉还站在炉边。

“啊！雷丝莉——我知道了——好高兴！”安妮抱紧雷丝莉。

“安妮，我太幸福了，我好害怕！”雷丝莉喃喃说道。

“我害怕这不是真的，只是梦中小屋的梦，当我离开这儿时，梦也随之消失了！”

“放心，你不会离开这里的——除非霍特来带你一起走，否则，你就一直待在这里，我怎么能让你再回到那个孤零零的家呢？”

“谢谢你，安妮！我不想再回到原来的家——那个冷冰冰的房子。安妮，你是我什么样的朋友呢？正如吉姆船长所说——‘了不起——真诚且忠实’。”

“安妮！”雷丝莉面色凝重地说，“你还记得我们第一次在海边碰面，我说过讨厌自己美貌的事吗？那时候，我的确这样认为，如果我长得丑一点，迪克就不会喜欢我，我恨自己的美貌迷惑了迪克。可是现在我却喜欢自己的美丽，否则霍特大概也不会爱上我。除了容貌，我觉得自己什么也没有，两手空空地跟着他。”

“霍特的确喜欢你的美丽，但如果你认为自己除了美貌一无所有，就太傻了，这件事不需要我说，他自然会告诉你。门该上锁了，苏珊本来说今晚要回来的，但现在这么晚了，大概不回来了。”

"夫人，我已经回来了。我从克雷村走回来的，所以比较晚。"

苏珊突然从厨房进来。

"苏珊，你姐姐怎么样了？"

"可以坐起来了，但还不能走，不过可以不用我照顾，因为她女儿放假回家了。哦！夫人，玛琪虽然脚受伤了，可是舌头没受伤，从早说到晚。她是我们家最早出嫁的，本来她也不想嫁给杰姆斯·克罗，并不是说我姐夫人不好，只是有个缺点，他进餐前祷告时，总是发出一个怪声，听了真不舒服，食欲都被他赶跑了。对了，说到结婚，可娜莉亚真的要和马歇尔结婚吗？"

"是啊！"

"夫人，这太不公平了，像我从来没骂过男人，为什么到现在还没结婚，那个可娜莉亚一天到晚骂男人，却还有男人喜欢她？夫人，这不是个奇怪的世界吗？"

"苏珊，别怨了。"

"这世界太不公平了！"苏珊叹了一口气。

第三十九章

再见了，吉姆船长

九月末，霍特的书终于出版了。这一个月来，吉姆船长每天都去邮局等它的到来。但今天吉姆船长没去，雷丝莉替吉姆船长拿了书回来。

"我们今晚就把书送到吉姆船长那儿去！"安妮像小孩子一样兴奋。

随着夕阳西沉，白色灯塔出现大灯光。

"吉姆船长总是这么准时，分秒不差。"雷丝莉说道。

安妮和雷丝莉永远也忘不了吉姆船长看到书时的神情。他最近渐渐苍白的脸色，突然如少年般红润，眼睛也闪烁着光芒，但摊开书的手颤抖着。书名为《吉姆船长的生活手记》，书的封面是吉姆船长站在灯塔入口眺望港湾的照片，印着欧恩·霍特与吉姆·伯特共同执笔。吉姆船长曾见过霍特拿相机拍照，但没想到是为了做封面。

"我的《手记》真的印刷成书了，我今晚一定要彻夜将它读完。"吉姆船长说道。

"那我们先告辞了，好让您可以陶醉其中。"安妮笑着说道。

吉姆船长以一种虔敬的神态将书放在旁边。

"不，不，你们一定得和我这个老人喝完茶再回去，是不是，美蒂？反正书又不会烂掉，我可以慢慢看，可是和朋友相处的时间有限，稍纵即逝啊。"

吉姆船长起身泡茶，安妮和雷丝莉顺从吉姆船长的意思。

"刚好今天强森的母亲拿来一大堆蛋糕、饼干。来，大家一起吃！"吉姆船长热情地招待。

"你觉得吉姆船长对结局会有什么看法？"雷丝莉后来问安妮。

这个答案永远无法得知了。隔天早上，安妮睁开眼睛，吉鲁伯特俯身叫她。

"你在叫我吗？"安妮睡眼惺忪地问道。

"嗯，安妮，我想灯塔一定出了什么状况，日出已经一小时了，可是灯依然亮着。你也知道，吉姆船长一向以守时为荣，在日落的一瞬间开灯，在日出的一瞬间关灯。"

安妮心情沉重地起床，从窗户眺望灯塔。

"大概是看书看得睡着了，否则就是太入神而忘了关灯。"安妮也有点担心。

吉鲁伯特摇摇头。

"这不是吉姆船长的作风，我过去看看。"

"等一等，我也一起去。"安妮叫道。

"吉姆还会睡一个小时，我叫苏珊一起去吧，万一吉姆船长生病了，还有人帮忙。"

清晨的港湾浮现少女般的微笑，海浪传来轻柔的音乐声。对安妮和吉鲁伯特而言，在这样的早晨散步应该很愉快，但这时，两人都怀着不安的心情。

敲门没有回音，吉鲁伯特将门打开。

屋内静悄悄的，桌上还剩着昨夜小宴的食物，一角的台灯仍然亮着，美蒂躺在长椅上睡觉。吉姆船长躺在长椅上，胸前放着翻至最后一页的书，双手摆在书上，眼睛闭着，脸上是前所未有的安详、幸福表情。

"还在睡？"安妮声音发抖。

吉鲁伯特走到长椅旁，俯身一会儿后起身。

"是的，睡着了——很沉！"吉鲁伯特冷静地说道，"安妮，吉姆船长到另一个国度去了！"

两人都不知道吉姆船长死亡的确切时间，但安妮相信，一定是如吉姆船长所愿，在晨曦拜访港湾时过世的。吉姆船长的灵魂一定随着闪烁的潮水，渡过珍珠银白的日出，漂往玛加莉特的身边去了。

第四十章

告别"梦中小屋"

吉姆船长被葬在对岸小墓地的白色小天使旁。

雷丝莉感叹吉姆船长生前没见到他的《吉姆船长的生活手记》惊人的成功。

"要是有批评也没关系——但几乎都是赞美，吉姆船长如果能看见这些赞美就好了。"

可是安妮有不同的看法。

"吉姆船长盼望的是书，而不是别人对这本书的评语，而这个愿望已经达成了。最后一晚对吉姆船长而言，也是最幸福的一晚——吉姆船长已经满足了。"

灯塔新来了一位看守者。

美蒂来到"梦中小屋"，受到安妮和吉鲁伯特的疼爱，不太喜欢猫的苏珊也只好沉默。

"夫人，为了吉姆船长，我可以忍受美蒂，因为我很喜欢吉姆船长。我会喂它食物，一般猫儿该有的，我都会给它，但夫

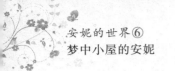

人，请不要叫我做除此之外的事情，好吗？还有，最好不要让
猫靠近吉姆，妨碍了吉姆的呼吸可就不太好了。"

"哈哈哈！"吉鲁伯特大笑。

"先生，这可不是件可笑的事哟！"

"猫不会妨碍小孩的呼吸，苏珊，那是古老的迷信。"

"先生，这也许是迷信，也许不是，但我就遇到过这样的例
子。我有个姐夫的外甥家有只猫，这只猫就妨碍了婴儿的呼吸，
等大家注意到的时候，可怜的婴儿已经死了。所以不管是不是
迷信，如果那只黄色畜生敢到吉姆身旁，我立刻拿棍子打它。"

马歇尔·艾利奥特夫妇在绿色家中安乐地生活，雷丝莉则
忙于缝制衣物，准备圣诞节和霍特举行婚礼。安妮一想到雷丝
莉将离开，心里就异常难过。

"万事变幻莫测，当凡事安定时，总会立刻有些什么变化。"
安妮叹息道。

"克雷村摩卡家的房屋要出售呢。"吉鲁伯特若无其事地转
变话题。

"哦？"安妮不在意地回答。

"摩卡先生已经去世，摩卡夫人想到庞克巴和孩子一起住，
所以打算廉价出售房屋。在克雷村这个小村庄，要处理那么大
的家可真不容易啊！"

"那房子很漂亮，一定找得到买主的。"安妮漫不经心地回
答，手上正为吉姆的幼儿服缝上火鸡图案。

"我们买下来怎么样？"吉鲁伯特静静问道。

安妮停下手边的工作，茫然地望着吉鲁伯特："真的吗？"

"真的啊，安妮！"

"那么，我们要离开我们的——梦中小屋？"安妮有点不敢相信地问道，"吉鲁伯特，我从未想过会搬离这里啊！"

"安妮，我了解你的心情，我也和你一样喜欢这里，但我们从一开始就知道，总有一天我们必须搬离这个地方啊！"

"可是，没想到会这么快，我无法接受。"

"安妮，这是个很好的机会，如果我们现在不买下摩卡的房子，别人就会买走了。这里真的很好，可是对医生而言，有些不方便，而且现在住虽刚刚好，可是再过两三年，吉姆自己也需要一个房间啊！"

"我知道，我知道——可是，我太喜欢这里了，而且它这么美……"安妮热泪盈眶。

"雷丝莉不在之后，这里会变得很寂寞，而且吉姆船长也走了。摩卡家很漂亮，你一定会喜欢的。"

"可是，可是——太快了，吉鲁伯特，我从没想过要离开梦中小屋，我还在计划，春天到的时候，要怎么布置这个庭院，我们搬走后，还会有人搬进来吗？如果将这间房子借给没什么情趣的人，他们一定会将庭院荒废，天啊！我无法忍受！"

"我了解，可是，安妮，我们不能为了考虑这些而忽略现在啊。摩卡家的条件很适合我们——我们不能错过这个机会，想想那长着古老高大树木的开阔草坪，而四周有美丽的落叶树林立，那不是小孩的最佳游乐场吗？而且，从摩卡家可以眺望港湾。"

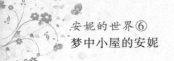

"可是从那里看不见灯塔的星星。"

"看得见，从屋顶上的窗户。还有另一个优点，你不是喜欢大屋顶的房屋吗？"

"可是院子里没有小溪流过。"

"不过通过林立的枫木，克雷池就在不远的地方。"

"吉鲁伯特，拜托，给我一点时间考虑——让我习惯这个计划。"

"当然，当然！只不过，如果决定买下的话，最好在冬天以前搬过去。"

吉鲁伯特出门后，安妮的双手拿着小衣服颤抖着，现在连一点缝制的心情也没有了，含着泪的安妮，如女王般在小小的领土上踱步。

摩卡家正如吉鲁伯特所言，风景优美，房子古老，有一种传统的安全感，但整体感觉又有点现代化，这是安妮从前就觉得不错的房子，但这并不代表喜欢。而且安妮深爱着这座"梦中小屋"，这里的一草一木，都像是安妮身体的一部分，怎么放得下呢？

而且，这里有这么多美丽的回忆，交织着悲欢的岁月，安妮在这里度蜜月，在这里送走乔丝只有一天的短暂生命，在这里看吉姆一天天长大，在这里体会到当母亲的心情。在这个炉边，有心爱的朋友们的谈笑声。欢喜与悲伤，诞生与死亡……永远都留在这座"梦中小屋"。

现在却必须离开，家太小了，安妮了解吉鲁伯特职业上的需要，也了解这个家庭未来的需要。安妮不得不勇敢面对向"梦中小屋"告别的事实，可是，这是多么令人痛心的事啊！

"好像要从我生命中撕下什么！"安妮面色凝重地喊叫。

安妮坐在楼梯上哭了好长一段时间，苏珊见了很担心。

"夫人，我从没见你和先生吵得那么伤心，夫妻间吵架是难免的。虽然我没有经验，可是结过婚的人都这么说，一会儿就好了。"

"苏珊，我们没有吵架，是因为吉鲁伯特打算买下摩卡的房子，我想到要搬离这里就伤心。"

苏珊压根体会不到安妮的感觉，因为她一想到要搬去克雷村，高兴极了，对于这里，苏珊唯一的抱怨就是太偏僻、太荒凉了。

"夫人，这不是很好吗？摩卡的家是很漂亮的大宅第！"

"我讨厌大房子。"安妮啜泣着说道。

"夫人，再过几年，孩子一个个出生，你就不会讨厌大房子了，"苏珊劝安妮，"而且，这间房子对我们来说也太小了，姆亚太太在的时候也没客房可睡，说到厨房，就像贮藏室一样，连转个身都会碰到墙壁。老实说，除了景色幽美，这里没什么优点。"

"也许从你的角度来看没什么，可是我觉得这里丰富极了。"安妮露出微笑。

"夫人，我不了解你的想法，因为我是个没受过教育的人，所以直觉上认为先生买下摩卡家的房子是对的。"

苏珊的意见正是大部分人的意见，只有雷丝莉了解安妮的心情。听到这个消息，雷丝莉也忍不住哭了，接着，两人互相拭泪，一起打点行李准备搬家。

"既然一定得搬走，就尽快吧！"雷丝莉说道。

"如果克雷村那间古老的房子，也有一些令人怀念的回忆的话，你一定也会喜欢它。"雷丝莉安慰安妮。

隔周，当安妮为吉姆穿上幼儿服的时候，安妮和雷丝莉又哭了，沉闷的心情一直持续到傍晚。晚上，当吉姆穿着长睡衣时，安妮再度拿出婴儿服翻弄。

"唉！好快，吉姆一年一年长大，不久就要成为大人了。"安妮叹息道。

"夫人，你在说什么啊！难道你要吉姆永远长不大，永远穿婴儿服？"苏珊说道。

这时，雷丝莉脸上闪耀着光芒。

"安妮，霍特来信了，有个惊人的好消息，霍特向保管这间屋子的委员处买下了这栋房子，准备当做避暑别墅，你高兴吗？"

"天啊！雷丝莉，怎么会不高兴呢？真是天大的好消息，这么一来，我就不用担心这个家会落入野蛮人手中了，太好了！太好了！"

十月的某个早晨，安妮睁开眼睛，意识到这是在这个屋檐下的最后一天了。

这一天忙得连喘息的时间也没有。傍晚，雷丝莉、苏珊和

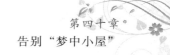

吉姆随最后的家具一起搬到了克雷村，只留下安妮和吉鲁伯特向这个家道别。夕阳从窗户射了进来。

"唉！今夜在克雷村，我一定会得思乡病。"

"我们在这里度过了多少幸福的日子啊！"吉鲁伯特的声音充满感动。

安妮哭得无法答话。吉鲁伯特在枞树木门处等待，安妮则在屋内，跟每个房间告别。自己将要离去，但这间老房子依然在这里，接受秋风无情的呼啸、灰色雨点滴答的拍打，白雾依然会从海上包围这个家；接着，月光会笼罩整间房子，照射在学校老师与新娘散步的古老小径上……

"可是，我们已经不在这里了。"安妮边拭泪边说道。

安妮关门、上锁、向外走，吉鲁伯特微笑着等候她。灯塔的星星正在北方闪烁，只有金盏花盛开的小庭院，已经藏在影子中了。

安妮跪下，亲吻新娘曾经跨过的古老阶梯。

"再会了，令人怀念的——'梦中小屋'。"